NO MAN'S LAND

TITCHT IV

DU MÊME AUTEUR

dans la même collection :

Transit pour l'infini.
Black Planet.
Titcht.
L'effet Halstead (Titcht-2).
Wildlife Connection (Titcht-3).

dans la collection « Spécial-Police » :

Un safari pas comme les autres.
Le même, en Noir.
L'encagé volontaire.
Les arcans.
Le dernier bravo.
Commission desperados.
Les aussi pires.
Meurtre à la ligne.
Six personnages en quête d'un tueur.
Poupée de sire, volées de plomb.
Un chasseur dans la ville.
Témoin.
Moi, un flic.
Mourir à Cefalù.
Timothy superflingue.
De l'autre côté d'ailleurs.

CHRISTIAN MANTEY

NO MAN'S LAND

TITCHT IV

COLLECTION « ANTICIPATION »

ÉDITIONS FLEUVE NOIR
6, rue Garancière - PARIS VIe

ISBN 2-265-02515-1

1

Ruisselant d'une eau glacée, Mel Titcht émergea de nouveau dans la première salle.

Bien trop excité pour vraiment souffrir du froid qui le transperçait pourtant jusqu'aux os, il récupéra dans un premier temps sa lampe-stylo abandonnée là quelques instants auparavant, puis il marcha en se déhanchant vers l'espèce de berge où reposait Barry Halstead.

L'homme était toujours là, sans connaissance, allongé à même la pierre.

D'un coup d'œil rapide, Titcht s'assura que rien n'avait changé. C'était un réflexe gratuit car dans la situation présente il ne fallait pas s'attendre à des bouleversements.

Même décor, mêmes personnages…

Aucun danger de bousculade ! Rien à voir avec les couloirs du métro aux heures d'affluence.

Il faut dire que se retrouver à cet endroit

précis n'était pas à la portée du premier venu. Non que cela présentât trop de difficultés au niveau du parcours, loin de là.

Il suffisait simplement de franchir la bonne porte.

Une fenêtre, en vérité.

Celle d'un hôtel de Las Vegas. Le *Wildlife,* dans Mesquite Avenue.

Du tout-venant, sur le papier.

Seulement cette fenêtre-là se situait au 6e étage, chambre 114.

Voilà qui modifiait singulièrement la face des choses, non ?

Imaginez une défenestration qui débouche sur un saut dans l'Inconnu.

Cinq années auparavant, rongé par un cancer généralisé, Barry Halstead n'avait trouvé que cette solution pour en finir.

C'est alors que tout avait commencé.

Une fantastique aventure.

Au lieu de s'écraser une vingtaine de mètres en contrebas, comme les lois de la physique le préconisent, Halstead avait glissé dans une sorte de trou, une faille dimensionnelle.

Là où les deux hommes se trouvaient à l'heure actuelle.

Une drôle d'aventure, vraiment.

Arrivé à pied d'œuvre, Titcht observa un moment son vis-à-vis avant de le secouer.

Dire qu'il ne respirait pas la santé était un doux euphémisme. Il semblait vraiment mal en point. Comparé à lui, un moribond pétait de vitalité.

Mais comme Barry Halstead était déjà passé par ce stade et qu'il s'en était sorti refait à neuf, Titcht n'éprouva aucune compassion à son endroit. D'ailleurs, Halstead bien portant, il se serait bien gardé de seulement l'approcher. D'autres avaient croisé son chemin qui ne s'en étaient jamais remis... A l'en croire, il n'était pas véritablement responsable, ne s'appartenait plus vraiment, habité par une entité qui le dominait corps et âme. Un passager encombrant qui, lorsqu'on allait contre sa volonté, émettait des infra-sons, vibrations basse fréquence qui attaquaient les cellules nerveuses des interlocuteurs de Barry Halstead, provoquant à très court terme leur totale destruction, laquelle aboutissait invariablement à une mort affreuse par vieillissement accéléré.

Une poignée de minutes et vous vous retrouviez quasiment momifié.

Une fin plutôt cauchemardesque.

Mel Titcht avait quasiment un pied en enfer. Surtout si l'on songe que le « passager » de Barry Halstead, selon ses assertions, vivait précisément dans l'espèce de no man's land où ils avaient atterri tous deux. A l'état endémique. Seulement il semblait ne pouvoir s'en prendre qu'aux organismes affaiblis. Aux grands malades, en fait.

« Envahi », Halstead avait recouvré une santé en uranium enrichi. Son corps entier avait subi une totale régénération et toutes les cellules malignes qui le minaient s'étaient résorbées. Une rémission complète. Mieux, même : trois de ses côtes à demi sciées lors de l'une de ses dernières interventions s'étaient pour ainsi dire reconstituées !

Et puis il y avait eu Mary Kingsford, cette octogénaire clouée à un fauteuil roulant par une virulente sclérose en plaques... Possédée à son tour, la vieille femme avait retrouvé ses jambes de vingt ans.

Heureusement, Mel Titcht était en bonne condition. Du moins il le pensait. Ce qui devait être suffisant pour passer au travers de toutes ces tracasseries.

D'autant, et on le comprend, qu'il n'avait pas l'intention de prendre racine.

D'une main ferme, il remua Halstead, à la manière d'un rentier qui tisonne son vieux poêle à charbon, au petit matin, avant d'aller soulager sa vessie défaillante.

Soumis à un tel traitement, l'autre ne tarda pas à refaire surface.

Les yeux curieusement brillants et atones à la fois, il resta une bonne minute sans réaction, comme mort. Puis il émit un grognement et se souleva péniblement sur un coude.

Un bruit attira alors son attention, fit dériver son regard sur l'entrée de la salle, là où un torrent bouillonnant se déversait dans la nappe stagnante.

— C'est de l'eau, le renseigna Titcht. Ça vient de « dehors ». Certainement une ou plusieurs lances-canons qui auront été mises en batterie pour circonscrire l'incendie du *Wildlife*....

— Ça ne risque pas de devenir dangereux ?

Titcht secoua la tête en signe de dénégation.

— A première vue, on pourrait le croire ; mais j'ai pioché la question et ça m'a ouvert des horizons... Vous êtes bien sûr de m'avoir dit toute la vérité ?

Halstead eut un rire amer.

— Dans ma situation, je ne vois vraiment pas ce que j'aurais à cacher !

— Vous êtes véritablement resté dans ce trou durant cinq années, à attendre d'avoir complètement récupéré ? J'ai bien du mal à vous emboîter le pas.

— Je sais que ça peut paraître énorme, mais en fait je n'ai jamais eu conscience du temps qui s'écoulait. Pour moi, ça a été comme un long sommeil entrecoupé de brefs instants de lucidité. De toute façon, où vouliez-vous que j'aille ?

Titcht le considéra longuement avant de répondre.

— Pendant que vous étiez dans les vapes, j'ai eu à m'inquiéter de notre sort. Ce déluge pouvait effectivement nous devenir fatal. Toutefois, en surveillant le niveau de la nappe, je me suis rendu compte que quelque chose clochait, la montée des eaux apparaissant comme insignifiante par rapport à ce qui se déversait…

— Et alors ?

— Ce lac artificiel communique avec une autre étendue d'eau bien plus importante. En clair, il existe une seconde salle de l'autre côté. J'en reviens. Et à l'autre bout de cette salle il y a un boyau comme celui qui nous a amenés jusqu'ici. Ce que j'ai découvert, vous auriez pu le découvrir également…

Halstead eut un soupir rauque.

— Je ne peux pas vous empêcher

d'extrapoler mais je vous ai dit la stricte vérité.

Peu désireux d'entamer une discussion finalement stérile dans les circonstances actuelles, Titcht décida de décrocher. Après tout, quelle importance... De toute manière, il était bien décidé à aller de l'avant. S'il avait demandé d'ultimes précisions à Halstead, c'était uniquement pour éviter des déboires toujours possibles.

Ce fut Barry Halstead qui revint à la charge.

— Et Mary Kingsford, vous y avez pensé ? Comment aurait-elle pu nager jusqu'à cette seconde salle, elle qui ne se déplaçait qu'en fauteuil roulant ?

— J'imagine qu'elle n'a pas sauté du 6e avec son fauteuil...

— Non, bien sûr, mais de là à se transformer en femme-grenouille ! Je vous rappelle qu'elle avait tout de même plus de quatre-vingts ans !

— Laissez tomber, fit Titcht, c'était simplement pour me faire une idée de ce qui m'attendait.

— Vous comptez y aller tout seul ?

Titcht eut un rire de gorge.

— Vous ne voudriez tout de même pas que je vous attende, non ? S'il vous faut encore cinq ans pour vous refaire une santé, merci bien ! Sans oublier qu'une fois sur pied vous repasserez automatiquement sous contrôle...

A cette pensée, Halstead se rembrunit.

— Vous avez raison, reconnut-il. D'ailleurs, pour parler franchement, je ne suis même pas sûr de m'en tirer.

— Pourquoi vous faire de la bile ? Ce qui a marché une fois doit pouvoir se reproduire sans problème. Nous nageons en plein dans l'irrationnel, alors autant se cuirasser d'optimisme.

— Peut-être bien... Ce qu'il faudrait, dans ce cas, c'est que je parvienne à établir une sorte de modus vivendi avec mon « passager »...

— En tout cas, si vous retournez à l'extérieur, une fois retapé, j'aimerais que vous vous chargiez d'une commission...

— Dites toujours.

— Si vous pouviez joindre Bubba Catfish, mon... associé en quelque sorte, et le renseigner sur mon sort. Il est à l'hôpital Bellevue, à New York. Quand vous l'aurez en ligne, assurez-vous que lui non plus n'est pas sous contrôle...

— J'essaierai, mais je ne peux rien vous promettre ; je doute que mon « passager » me laisse la bride sur le cou. Ce serait aller contre ses intérêts. Et je n'ai plus envie d'aller contre lui…

Titcht hocha longuement la tête en signe d'approbation. Pour rien au monde il n'aurait voulu se trouver à la place de Barry Halstead. Quel destin étrange que le sien. En voulant mourir, il avait sauté à pieds joints en enfer. A présent, il était prêt à toutes les concessions pour conserver une étincelle de vie.

Soudain, Titcht s'interrogea : devait-il l'abandonner là, le laisser vivre ? A bien y regarder, Halstead était un fléau. Lui permettre de regagner le monde extérieur équivalait à relâcher un criminel. En sa qualité d'ancien flic, Titcht en savait long sur les agissements des prisonniers qui se retrouvaient à l'air libre après une évasion spectaculaire ou une erreur des bons magistrats. La plupart du temps, ils récidivaient. Il faut dire qu'ils n'avaient pas bien le choix, leur réinsertion ne se présentant pas sous les meilleurs auspices. Halstead était logé à la même enseigne. Fatalement, à un moment ou à un autre il remettrait le doigt dans l'engrenage. Malgré lui, d'accord, mais quelle différence ?

De là à le tuer, comme ça, froidement, alors qu'il était quasi agonisant…

Une exécution pure et simple.

Un service à rendre à la société.

Titcht se secoua. Sans lui ! La société n'avait qu'à se démerder toute seule. Il lui était arrivé une fois, avec d'autres flics, de vouloir faire leur propre justice. Le malfrat qu'ils avaient coincé s'était balancé par une fenêtre et ils avaient tous été virés comme des malpropres, alors le travail de bourreau, merci bien ! Halstead avait beau être plus dangereux que la peste et le choléra réunis, jamais il ne lèverait la main sur lui, à moins d'être directement menacé. Ce qui n'était pas le cas présentement.

— Bon, je crois qu'il est temps pour moi d'y aller, dit-il tout à coup. J'espère que vous vous en tirerez.

Halstead eut un coassement.

— Vous feriez mieux de penser à vous ; qui sait au-devant de quoi vous marchez ?

— Qui n'avance pas recule, cita Titcht en amorçant un mouvement de départ.

Puis il regagna l'autre extrémité de la nappe, récupéra sa hache, se retourna une dernière fois sur Halstead.

— Vous allez vous retrouver dans le noir, fit-il en brandissant sa lampe-stylo. Je suis désolé, mais je ne sais vraiment pas où je vais mettre les pieds.

Halstead eut un geste de la main.

— Si tout se passe bien, j'y verrai comme

en plein jour ; c'est un de « nos » avantages. Souvenez-vous de Mary Kingsford…

Titcht eut un frisson. Il avait effectivement eu affaire à l'octogénaire et il lui revenait en mémoire que l'obscurité ne la gênait pas, au contraire. Il conservait de cet affrontement très particulier une impression des plus désagréables. Il n'avait d'ailleurs, à l'époque, dû sa vie qu'à une intervention téléphonique de Barry Halstead et à l'arrivée opportune de Bubba Catfish qui avait vidé le barillet entier de son .357 magnum sur Mary Kingsford sans pouvoir la stopper. Elle avait tout de même fini par mourir après avoir dévalé les quatre étages du bâtiment au pas de zouave. Plus tard, on s'était rendu compte que son sang, de rouge incarnat, avait inexplicablement viré au bleu roi.

De quoi vous dresser les cheveux sur la tête.

Et apparemment on n'était pas au bout des surprises…

Avant de disparaître, Titcht décida de jouer franc-jeu. Après tout, il avait une dette envers Halstead. Et puis son avertissement pourrait toujours dissuader Halstead et son encombrant passager de rejoindre Las Vegas.

— On vous attend à l'extérieur, Halstead, lança-t-il. Certains s'imaginent que vous avez découvert un truc qui vous rend pratiquement immortel. C'est idiot mais c'est comme ça. Vous avez forcément entendu parler de Gertie Goldfield, le multimilliardaire, le Mythe, la Légende. G. G. comme le surnomment les médias. Eh bien, il s'intéresse à vous, à votre « truc », plus précisément. Très fort. Et il ne vous lâchera pas. Une meute de pisteurs de tout poil est à vos trousses. Alors à votre place, je crois que je réfléchirais à deux fois avant de faire demi-tour.

— Merci, dit Halstead. Vous n'étiez pas obligé de me prévenir. J'ai conscience que mon cas doit vous poser de sacrés problèmes...

— Je m'arrangerai pour marquer mon chemin, à tout hasard, éluda Titcht.

Puis il plongea.

2

Rejoindre la seconde salle ne posa pas de difficulté.

La hache accrocha bien un peu à l'intérieur du siphon naturel mais Titcht put se dégager sans problème et faire surface sans ressentir le moindre essoufflement.

Là non plus, rien n'avait changé.

Sans plus attendre, Titcht marcha vers l'autre extrémité de l'endroit, là où prenait naissance ce fameux boyau. Une galerie qui menait tout droit vers le mystère.

De la voûte entière sourdait une étrange lueur verdâtre qui rendait presque inutile l'emploi de la lampe-stylo. Un super gadget finalement très prisé par Titcht, lequel avait pris soin de se choisir, à très bon escient, un modèle étanche pour remplacer le précédent irrémédiablement perdu quelque temps auparavant dans une baignoire-sabot agrémentée d'un cadavre momifié !

Parvenu à pied d'œuvre, Titcht marqua une pause avant de s'engager dans le curieux tunnel.

D'abord, il prit le temps de se désharnacher. Sa seule arme, la hache empruntée au matériel d'incendie du *Wildlife,* il valait mieux qu'il puisse en disposer instantanément. L'avoir toujours au poing. Comme il ne savait pas où il mettait les pieds, la plus élémentaire prudence s'imposait.

Après avoir grossièrement essoré ses nippes histoire d'être un peu plus à l'aise, Titcht fut enfin prêt.

Au moment de s'élancer, il s'interrogea : n'était-il pas en train de commettre une grosse bourde ? Personne, en dehors de Barry Halstead, ne savait où il se trouvait, qu'il était sur le point de s'enfoncer dans l'Inconnu... Et s'il avait besoin d'aide à un moment ou à un autre ? S'il se fourvoyait dans une situation impossible ? Halstead, c'était la planche pourrie en plein. Requinqué, il passerait fatalement sous contrôle et ne pourrait lui être d'aucun secours...

A ce stade, il était encore facile de faire demi-tour... Pour quoi faire ? Pour prévenir qui, et de quoi ? Si les sbires de Gertie Goldfield lui mettaient la main dessus, ils ne le relâcheraient pas. Le multimilliardaire ne prendrait pas le risque de le laisser vivre.

Il en savait trop. Et puis en définitive il ne savait pas vers quoi il marchait. Ce qui allait se présenter pouvait offrir des horizons insoupçonnés.

Où était-il, en vérité ? Ce « gouffre » dans lequel il était tombé à la suite d'Halstead, comment pouvait-on le baptiser ? Et ce boyau, sur quoi allait-il déboucher ?

A cette dernière pensée, le cœur de Titcht s'emballa. Merde, il n'allait pas rester là, à finasser ! Il s'était souvent répété que le monde d'aujourd'hui, répertorié, cartographié, n'offrait plus de perspectives bien réjouissantes. Quoi qu'on fasse, on pouvait être certain de fouler les traces des autres. Même la Lune avait été piétinée. Alors, pour une fois qu'il tombait sur de l'inédit !

Fort de ce raisonnement, il s'ébranla.

il en savait trop. Et puis en définitive il ne savait pas vers quoi il marchait. Ce qui allait se présenter pouvait offrir des horizons insoupçonnés.

Où était-il en vérité ? Ce « gouffre » dans lequel il était tombé à travers [illegible], comment oserait-on le baptiser ? Ce boyau, sur quoi allait-il déboucher ?

À cette dernière pensée, le cœur de Henri s'emballa. Merde, il n'avait pas rêvé, et là, à [illegible] ! Ça s'était souvent avéré que le monde d'aujourd'hui, répertorié, cartographié, n'offrait plus de perspectives bien [illegible]. Tout avait été tracé, en suivant [illegible] certain de fouler les traces des autres. Même les îles avaient été piétinées. Alors, pour une fois qu'il tombait sur de l'inédit !

Fort de ce raisonnement, il s'engagea

3

Le boyau qui s'ouvrait à lui ne différait en rien de celui déjà parcouru.

Même matière, mêmes dimensions.

L'étrange lueur verdâtre qui baignait la seconde salle n'existait plus dans le tunnel et la lampe-stylo se révélait d'une grande utilité. C'était vraiment le pot au noir et il fallait des nerfs en acier trempé pour aller de l'avant.

Par une singulière association d'idées, Titcht se figura soudain progresser dans un appareil digestif géant. Qui sait si à un moment ou à un autre il n'allait pas être entraîné, malaxé, noyé dans le flot impétueux d'un suc particulièrement corrosif avant d'être impitoyablement digéré par un organisme fabuleux ?

Très fortement impressionné, il dut se secouer afin de chasser ces images stupides qui en faisaient un émule de Jonas, le visiteur de baleine.

Veillant alors à ce que son esprit ne vagabonde pas trop, il poursuivit son chemin d'un pas égal, en marquant une certaine cadence.

Au fur et à mesure, l'air devenait plus lourd, l'atmosphère plus dense. Bientôt, il se retrouva dégoulinant de sueur, le souffle court. Un coup d'œil à sa montre lui apprit qu'il marchait à présent depuis plus de trois quarts d'heure.

Ressentant tout à coup une lassitude extrême, Titcht décida de s'octroyer une halte salvatrice. Il se laissa tomber à même le sol, éteignit sa lampe-stylo pour soulager les piles et s'efforça de récupérer.

Dans le noir intégral, l'endroit prit une autre dimension. Les fantasmes revinrent en rangs serrés.

Il ralluma vite fait, prêt à faire face. Comme rien ne le menaçait, il se contraignit à éteindre derechef. Tout de même, il était bien de taille à affronter l'obscurité ! Retenant son souffle, il tendit l'oreille, attentif, la main droite crispée sur le manche de sa hache.

Rien.

Rien que les battements désordonnés de son cœur. Pour fixer son esprit sur quelque chose de concret, il entreprit de les compter.

Un vertige s'empara soudain de lui et il se sentit tomber, chuter dans un gouffre sans fond.

Il hurla.

4

Bercé par le ronron de sa propre mécanique, il s'était endormi. Et une chose impalpable en avait profité pour s'infiltrer en lui et prendre possession de ses facultés.

Dans un réflexe fou, il se détendit, ralluma.

Sa chute vertigineuse s'interrompit net.

Une intolérable sensation d'écrasement le secoua. Tous ses viscères enflèrent démesurément et il se sentit étouffer.

Puis le mouvement s'inversa et il remonta à la surface, réintégrant son corps et son cerveau, chassant du même coup l'intrus, comme on évacue une scorie.

Son « enveloppe » récupérée, Titcht se retrouva debout, le souffle court, hache à la main, paré à toute éventualité.

Bon Dieu ! quelle sensation ! Nul doute qu'il venait de faire connaissance avec ce que Barry Halstead appelait un « passager ».

Profitant de son sommeil, l'entité en avait profité pour prendre sa mesure. Heureusement, il avait pu reprendre le dessus immédiatement. Selon Halstead, ces êtres impalpables ne pouvaient dominer que des organismes délabrés, des malades quasi moribonds. C'était peut-être vrai mais il n'en restait pas moins que lui, Titcht, venait d'être victime de l'un d'eux. Bien sûr, il avait pu somme toute assez facilement renverser la vapeur, mais la leçon serait retenue.

Dopé, il reprit la route.

Une demi-heure plus tard, il fut confronté à sa première difficulté.

Un embranchement !

Le boyau qu'il venait de parcourir se poursuivait, droit, mais un autre prenait naissance, de même ampleur, qui dérivait sur la gauche en déclivité légère.

Face à l'alternative, Titcht n'hésita pas longtemps, décida de conserver son couloir. Simplement, il s'ingénia à tracer, à hauteur d'homme, de manière grossière, une flèche qui indiquait sa direction. Il avait promis...

Puis, sans perdre plus de temps, il repartit.

Tout en cheminant, il évoqua cette possibilité qu'il venait de négliger, se demandant où elle pouvait bien mener. Puis la futilité de ses interrogations lui apparut quand il se rendit compte que de toute façon il naviguait en plein brouillard. En fait, une seule chose importait : en sortir au plus vite. Le reste n'était que billevesée.

Fort de ce raisonnement, il força l'allure.

Une heure plus tard, après avoir dépassé trois nouveaux embranchements, il commença à peiner plus que de raison. Il mit d'abord ce phénomène naturel sur le compte de la fatigue — après tout il n'avait pas beaucoup dormi ces derniers temps —, puis il s'aperçut que le terrain montait insensiblement.

Puisant dans ses réserves, il accéléra comme un cheval qui sent l'écurie proche.

Dix minutes après, il dut s'arrêter.

Pas qu'il fût épuisé, mais tout bonnement parce que le boyau remontait si fort qu'il ne pouvait plus progresser.

Il resta un moment à récupérer, tête en l'air, scrutant l'obscurité au-dessus de lui. Rien ne transparaissait mais il lui semblait qu'une brise légère parcourait l'endroit.

Apparemment, il était arrivé. Ce coude à quatre-vingt-dix degrés devait bien déboucher quelque part.

Restait à en voir le bout.

Dans un premier temps, soudain très excité, Titcht planta sa hache le plus haut qu'il put ; puis, à la force des bras, il se hissa dans l'espèce de cheminée verticale formée par le tunnel dans le but de remonter la galerie sur toute sa longueur en s'aidant tour à tour des pieds et de l'arrière-train comme il l'avait souvent vu faire en escalade pure.

Hélas, il dut bien vite déchanter. Les parois entières du boyau, humides, presque visqueuses, rendaient cette technique impossible.

Un instant découragé, il se souvint des révélations de Barry Halstead, lequel avait réussi à regagner l'extérieur en se taillant un escalier sur mesure à l'aide de son seul couteau.

Revenu au bas du toboggan, la lampe-stylo entre les dents, il entreprit de creuser, à intervalles réguliers, des trous d'une main de profondeur dans lesquels le pied entrait d'un bon quart.

Au début, il progressa rapidement. Puis vint le moment où il n'eut plus assez d'espace pour manier correctement la hache. Sans recul, ses coups ne portaient plus et manquaient de précision. Il dut alors réviser sa technique et fut contraint d'agir par petites touches pour un résultat pas très encourageant. Puis sa lampe-stylo lui glissa de la bouche et il fut obligé de s'interrompre, ne pouvant travailler sans lumière. En redescendant, il compta douze encoches. Comme elles étaient distantes l'une de l'autre d'une cinquantaine de centimètres, il en déduisit fort logiquement qu'il avait déjà parcouru six mètres. La hauteur de deux étages, environ. Si au moins il avait eu une idée de la distance à franchir...

Sans plus perdre de temps, il se remit au travail. De temps à autre, tout en soufflant, il braquait le pinceau de la lampe-stylo au-dessus de lui dans l'espoir d'apercevoir un pan de décor extérieur.

En vain.

Le cône de lumière se diluait invariablement dans le noir.

Tout en poursuivant inlassablement son travail de fourmi, Titcht ne pouvait s'empêcher de cogiter. Cette galerie, il allait en voir le sommet un jour ou l'autre ou quoi ? En fait, rien ne le prouvait. Ce tunnel était bien capable de s'étirer encore sur des centaines de kilomètres !

Il connut un instant d'angoisse qui le vit redoubler d'ardeur.

Et, soudain, il eut l'impression que son champ d'action s'élargissait.

Sans trop y croire, il avança la main, eut

le bonheur de sentir la paroi fuir sous ses doigts.

Dieu du ciel, il allait enfin émerger !

Bien calé, il éclaira le faîte du boyau, s'aperçut qu'il s'évasait doucement comme une fleur de liseron.

Se collant alors à la matière à présent sèche, voire poudreuse, poussiéreuse même, il en revint à sa technique initiale, lançant sa hache à la volée, la plantant de trois quarts dans le sol caoutchouteux, se hissant d'un bon mètre à chaque traction.

Puis il fut bientôt à même de progresser par ses propres moyens, comme sur un sol horizontal.

Lorsqu'il eut atteint une portion de terrain pratiquement plane, Titcht consentit à s'accorder quelques instants de répit. De sa lampe-stylo, il balaya le décor environnant, à la fois impatient et inquiet.

Il s'avisa alors de ce que le vide s'ouvrait à moins d'un mètre de lui. Encore un peu et il plongeait !

Prudemment, il entreprit de délimiter son territoire.

Ce fut rapidement fait.

Le vide était partout !

Le cœur au bord des lèvres, il s'avança d'autant qu'il était possible. Le pinceau de sa lampe-stylo n'avait pas une portée importante mais il put cependant distinguer la masse claire du sol une vingtaine de mètres plus bas.

Un sacré saut !

Vingt mètres, même en se pendant à bout de bras, ça représentait un méchant bout !

Titcht en était là de ses réflexions lorsque la physionomie de l'endroit se modifia tout à coup.

L'obscurité, en diminuant soudain d'intensité, lui arracha un juron.

Bon sang, c'était impossible !

Au mépris du danger, il tourna sur lui-même, aperçut une boule blanche, bien pleine, très haut au-dessus de lui, là où un tapis de nuages venait de s'effilocher momentanément.

Cette boule...

Puis, simultanément, Titcht remarqua une énorme construction à quelques mètres de là.

Un parallélépipède de béton constellé de fenêtres et parcouru tout du long par un escalier métallique sur son côté droit...

Titcht sentit sa raison vaciller.

La boule blanche, dans le ciel, c'était la lune !

Quant au bâtiment proche, à n'en pas douter, il s'agissait du *Wildlife !*

Las Vegas !

Il était revenu à Las Vegas !

5

Littéralement assommé, Titcht resta incapable de réaction, quasi pétrifié.

Ce qui lui arrivait dépassait l'entendement. Il venait de marcher deux heures durant pour se retrouver à son point de départ. Pourtant, jamais il n'avait eu l'impression de tourner en rond, bien au contraire. Le chemin avait été tout ce qu'il y a de rectiligne, en dehors d'accidents de terrain sans grand relief.

Pourtant, il fallait bien se rendre à l'évidence. Même si des tas de points restaient obscurs.

Las Vegas...

Perplexe, on l'aurait été à moins, Titcht profita de ce que la clarté lunaire baignait toujours le décor pour se livrer à une observation un peu plus aiguë. On était loin d'y voir comme en plein jour mais suffisamment pour se faire une idée.

Une foule de détails vinrent alors renforcer sa stupéfaction.

Le silence, d'abord. Une ville est incapable de vivre sans tumulte. A fortiori une cité comme Las Vegas où l'on flambait de jour comme de nuit. Là, aucun bruit. Pas même un murmure ni un gémissement. Le calme intégral.

Bizarre, cette quiétude...

Et puis il y avait cette obscurité aussi. Las Vegas, la Mecque du Jeu, ruisselait d'ordinaire de néons. Dans les rues, on y voyait comme en plein soleil. Pas comme maintenant !

Restait la possibilité d'une vaste panne de courant comme New York en avait connu une quelques années auparavant, mais en règle générale tous les établissements étaient dotés de groupes électrogènes.

Alors, cette étrange pénombre ?...

Mais un autre détail attira soudain l'attention de Titcht. En observant bien le sol, il s'aperçut que le béton qui entourait normalement le *Wildlife* avait disparu, qu'il était en fait recouvert par une couche de sable dont il était malaisé de déterminer l'épaisseur de cette distance.

Tout ce sable ?...

Intrigué, Titcht décida d'aller aux nouvelles. Puisqu'il était revenu à son point de départ, il devait être possible de rejoindre l'escalier de secours par lequel Barry Halstead communiquait avec l'extérieur lors de ses différents passages.

Effectivement, en se déplaçant sur la droite, Titcht découvrit une avancée qui permettait de rejoindre l'échelle qui courait tout au long de la façade de l'hôtel.

Nanti de sa hache, il rejoignit prudemment l'escalier de secours et entreprit une descente silencieuse.

Le sol était bien recouvert de sable. Un méchant linceul. De véritables dunes. Par endroits, la couche avait plus d'un mètre d'épaisseur.

Accroupi, Titcht caressa longuement ce tapis fuyant tout en cogitant ferme.

Que s'était-il donc passé pour qu'une ville comme Las Vegas, toujours en effervescence, se soit transformée en cité fantôme, et cela en un peu moins de quatre heures montre en main ?

Bien incapable d'apporter le plus petit élément de réponse, Titcht finit par se relever. Après quoi, il resta un moment indécis, à regarder autour de lui, l'oreille tendue, guettant la plus infime manifestation de vie.

Déçu, il se mit en route, enfila la Septième Rue en remontant sur Mesquite Avenue.

En fait de Septième Rue, c'était plutôt une portion de désert. Un désert petit format qui brasillait sous la clarté lunaire, limité par des constructions de part et d'autre.

Certains véhicules en stationnement disparaissaient complètement sous le sable alors que d'autres émergeaient çà et là, laissant entrevoir un pan d'aile, le sommet d'un hard-top, ou bien plus simplement une antenne effilée.

Dans Mesquite Avenue, l'ensablement était moindre. Au plus fort de la couche on ne dépassait pas les trente centimètres.

Complètement abasourdi, Titcht longea une file de véhicules en stationnement et se dirigea vers l'entrée du *Wildlife*.

Le bâtiment n'offrait aucune particularité mais pour notre homme, déboussolé, il représentait une sorte de havre, un lieu où il se sentait un peu chez lui.

Pénétrer dans le hall fut relativement aisé car les portes attendaient que l'on veuille bien les pousser.

Précédé par le pinceau de sa lampe-stylo, Titcht marcha jusqu'à la réception histoire de parcourir les registres de l'établissement. Mais il en fut pour ses frais. Les étagères étaient toutes vides ainsi que les différents tiroirs des bureaux, grippés par le sable qui s'était infiltré partout.

Sur les murs, rien non plus. Pas le plus petit calendrier.

Au tableau de la clientèle, toutes les clés pendaient, affreusement présentes. Aucune des chambres ne semblait occupée. L'endroit paraissait abandonné.

Comme toute la ville.

Durant une seconde, Titcht eut envie de hurler, d'appeler. De briser cette chape de silence qui pesait sur la ville.

Cédant à la prudence, il s'abstint cependant et mit le cap sur la sortie.

Dehors, obnubilée par un rideau de nuages, la lune brillait par son absence. Néanmoins, il ne faisait pas si sombre que l'on ne puisse se déplacer sans le secours d'une lumière artificielle.

Au beau milieu de Mesquite Avenue, Titcht fut pris d'hésitations. Quelle conduite adopter face à une telle situation ? Où était-il tombé ? A Las Vegas, assurément, mais cette ville n'avait plus rien à voir avec celle qu'il venait de quitter. Il aurait fallu des années pour que la Cité du Jeu prenne cette allure désolée.

Partant de là, deux possibilités : ou bien il avait sans s'en rendre compte voyagé dans le temps comme le font tous ces astronautes des romans d'anticipation qui reviennent sur Terre des milliards d'années après en être partis ; ou bien « ce » Las Vegas n'était pas le « sien »...

En définitive, ce qui importait en priorité, c'était de pouvoir se situer dans le temps.

Alors seulement, il serait en mesure de se faire une opinion.

6

Se situer impliquait des références.

Pour ce faire, Titcht pensa tout de suite à se procurer un journal. Enfin n'importe quoi qui se rattache à la presse d'information, que ce soit une revue, un magazine, ou encore un hebdo.

La presse, c'est l'image d'une société.

Titcht décida donc de marcher jusqu'au carrefour de Las Vegas Boulevard et de Stewart Street, là où s'érigeait normalement un drugstore qui vendait tous les quotidiens du pays.

Las Vegas Boulevard était presque aussi ensablé que la Septième Rue. Titcht en déduisit fort logiquement que le vent soufflait certainement plus souvent et plus fort du sud que de l'ouest.

Rejoindre le drugstore ne demanda pas plus de dix minutes. Les portes de l'endroit étaient fermées, mais là comme au *Wildlife* il suffisait de pousser pour pouvoir entrer.

Une fois à l'intérieur, Titcht connut une nouvelle déconvenue. Le magasin était totalement vide. Rien sur les présentoirs ni sur les rayonnages. Notre homme ne put retenir un chapelet de jurons. Décidément, rien de ce qu'il échafaudait n'arrivait à prendre corps !

Amèrement déçu, il regagna l'extérieur. Là, il resta un nouveau long moment immobile, à l'affût, en quête du plus infime bruissement. En vain. Dégoûté, il reprit sa marche errante tout en observant soigneusement les devantures. Pas de problème, c'était bien comme dans ses souvenirs. Tout y était. Pareillement situé. Pas de fausse note.

Son périple l'amena à hauteur de l'hypermarché où il s'était entretenu la veille, ou peu s'en fallait, avec Harold Snyder, un employé du *Wildlife,* un type pas très franc du collier qui avait fini par lui procurer deux passes.

Là encore, pas d'erreur possible, il s'agissait bien du même bâtiment.

Mû par une force irrésistible, Titcht pénétra dans cet ancien temple de la consommation. Là également, les portes attendaient qu'on veuille bien les pousser. Il faisait plus frais à l'intérieur qu'au-dehors. Précédé du pinceau de sa lampe-stylo, Titcht s'avança prudemment dans la travée centrale.

Parvenu au milieu de l'immense construction, Titcht s'arrêta, contempla les stocks de denrées. Quoi qu'il arrive, il ne mourrait pas de faim. C'était déjà ça !

A condition toutefois que toute cette camelote ne soit pas périmée...

A cette dernière pensée, le cœur de Titcht s'emballa. Bon sang ! mais elle était là, la solution !

Abandonnant sa hache, il se précipita sur le plus proche rayon. Dans sa hâte, il négligea l'ordonnance de la pyramide en s'attaquant à la première boîte qui lui tombait sous la main.

Se souciant peu de la dégringolade qui s'ensuivit, il s'intéressa au couvercle de l'emballage.

Dans la lumière blafarde une série de chiffres lui sauta aux yeux.

5-9-75.

Un vertige s'empara alors de lui. Fiévreux, fébrile, il ramassa une seconde boîte, une troisième, puis une autre encore. Pas de doute, toutes ces denrées affichaient le même millésime...

1975 !

7

Le premier choc encaissé, Titcht tenta de mesurer la portée de ce qu'il venait de découvrir.

1975...

C'était parfaitement dément. Lui qui voulait un point de repère, il était servi !

1975...

Voilà qui éclairait la situation d'un nouveau jour. Mais sans rien expliquer pour autant. Il quittait une ville en pleine activité, cheminait près de trois heures dans un tunnel mystérieux, émergeait alors dans la même ville complètement abandonnée. Une explication venait alors à l'esprit : il avait sans le savoir voyagé dans le temps et émergé dans une Las Vegas du futur, après qu'ait eu lieu un événement extraordinaire qui avait fait fuir toutes les âmes de la cité. Ce qui expliquait d'ailleurs qu'il n'ait pas trouvé de traces de l'incendie qui ravageait le *Wildlife* quelques heures auparavant ; l'établissement ayant certainement été retapé.

Ça, c'était un raisonnement presque logique. Par rapport à la conjoncture, évidemment.

Seulement tout ça ne résistait pas à ces conserves datées de 1975.

Voilà qu'au lieu de se retrouver dans le futur, Titcht se retrouvait en plein passé puisque lui-même venait de quitter l'année 1980.

Apparemment, on nageait en plein délire.

En 1975, il était flic à New York et ne s'intéressait pas spécialement à ce qui se passait à Las Vegas. Cependant, si la Mecque du Jeu avait été totalement désertée comme c'était le cas présentement, il en aurait été avisé. Fatalement. Les médias s'en seraient fait l'écho. Que ce soit à la suite d'une contamination, d'une épidémie, d'une alerte bidon. Il l'aurait appris. Et s'en souviendrait encore maintenant. Et, quoi qu'il se passe, jamais on ne serait allé jusqu'à ensabler la ville. Une simulation a ses limites.

Alors ?...

Alors, ce qui aurait été sage, c'était de se faire la valise. Vite fait. De reprendre ce tunnel et de le remonter dare-dare. De retrouver son époque, les impôts, la pollution, les politiciens magouilleurs, les feuilletons débiles.

Seulement Titcht n'avait jamais été un homme bien mature. Et puis il n'aimait pas trop décrocher. Sauter d'une affaire en marche, ce n'était pas son genre.

Aussi pas question de rebrousser chemin. Par pour l'instant, du moins.

Son attention se reporta sur la boîte de conserve qu'il tenait en main. Elle datait de 1975 mais cela ne donnait pas pour autant son âge réel. En l'observant de plus près, il vit qu'elle n'était pas bombée, donc toujours comestible. Comme toutes les autres. Combien fallait-il d'années à une conserve pour se gâter ? Cela devait dépendre de son contenu. Tout ce qui était concocté à base de sauce devait certainement moins tenir la route.

C'est alors que Titcht remarqua qu'aucune des boîtes ne comportait d'étiquette. Impossible donc de se faire une idée, même en les remuant.

Bizarre...

Dans la foulée, Titcht se balada entre différents rayons, histoire de se rendre compte. Tous les produits manufacturés ressemblaient à ceux qu'il avait toujours connus. Mêmes produits, mêmes marques. Les rasoirs portaient le même sigle, les briquets avaient la même forme, décorés le plus souvent de placards publicitaires vantant des firmes diverses.

Ce qui sauta aux yeux de Titcht c'est que la plupart des produits se présentaient en vrac. Pas d'emballages, pas de notices explicatives. C'est ainsi qu'il découvrit des dunes de sucre, de café, des pyramides de féculents germés, racornis, pourris, puis desséchés et quasi fossilisés.

En fait, l'endroit ne comprenait rien qui fût en papier. C'est-à-dire que ce même papier, présent au départ, semblait s'être tout bonnement évaporé.

Voilà qui pouvait expliquer l'absence de journaux au drugstore...

Pris d'un doute, Titcht se fouilla soudain.

Ce fut vite fait. Ses poches ne recelaient plus rien. Son argent s'était envolé. Il pouvait l'avoir perdu, bien sûr, mais c'était peu probable. Afin d'obtenir certitude, il mit la main sur son porte-cartes, l'inventoria rapidement. Et pour cause. Il était vide. Plus rien en dehors d'une carte de *l'American Express* et d'une autre carte à mémoire spéciale pour communications sans limite, un gadget que lui avait confié Bubba Catfish et qui permettait de téléphoner sur le compte du Bureau des Affaires Parallèles.

Titcht eut une pensée pour le Noir. Finalement, il avait la planque là-bas, dans son lit douillet de Bellevue ! Pas comme lui, Mel Titcht, qui était tombé Dieu savait où !

D'accord, il était à Las Vegas. Une ville désertée depuis 1975 et parcourue de monstres papivores. A part ça, tout baignait !

Toutes ces constatations faites, Titcht finit par regagner la rue. Au passage, il se chargea d'une poignée de briquets jetables. Le feu ayant toujours été un élément important dans la vie de l'homme, il valait mieux être pourvu. La loupe et les silex, merci bien !

Une fois dehors, il s'interrogea derechef. Encore un peu et il serait minuit. Il grenouillait dans cette ville morte depuis plus d'une heure sans avoir découvert grand-chose.

Mécaniquement, il reprit sa marche tout en observant longuement autour de lui. Il cherchait une différence. *La* différence. Le détail insolite au niveau du décor qui pourrait immédiatement lui faire dire : « J'évolue dans un autre Las Vegas. Où, je n'en sais fichtre rien, mais je ne suis plus sur Terre. Sur *ma* Terre. »

Seulement l'homme est ainsi fait qu'il

finit par ne plus voir les choses de son quotidien. Son regard glisse sur ce qui l'entoure sans s'accrocher à rien. Dans ces conditions relever une anomalie, même flagrante, s'apparente à l'exploit.

Sincèrement, il ne pensait pas avoir voyagé dans le temps. C'était une éventualité qu'il écartait quasi viscéralement.

Une idée le visita soudain qui retint son attention. Et si cette ville, cette copie de Las Vegas n'était autre qu'un vaste décor, justement ? Un décor en grandeur nature. Une de ces villes érigée par les Russes, une espèce de camp d'entraînement pour agents du KGB ou assimilés ? Une cité qui devait dater de la Guerre Froide et qu'on avait cessé d'employer précisément depuis 1975...

Pourquoi pas ? C'était une solution qui en valait une autre. En fait, cette faille dimensionnelle partait de Terre et aboutissait toujours sur Terre. Elle ne faisait qu'abolir les distances. En empruntant tel ou tel autre embranchement, il aurait pu tout aussi bien émerger en France, en Australie, ou en Bosnie-Herzégovine, qui sait ?

C'était dément comme postulat mais on n'en était plus à faire de la dentelle.

D'ailleurs, en piochant dans sa mémoire, Titcht se souvenait de théories sur des possibilités d'univers juxtaposés reliés entre eux par des tunnels baptisés « trous de vers ». En général, cela s'appliquait au super-espace. Personne n'avait jamais pensé que l'on puisse emprunter ces tunnels comme on emprunte les couloirs du métro. Et aussi qu'ils permettraient de passer d'un continent à un autre.

Ainsi, il pourrait se trouver en Russie ? Dans ces conditions, sa découverte offrait des horizons vertigineux. Cela correspondait pratiquement à l'arme absolue. Un moyen d'envahir un pays en catimini.

Titcht eut soudain froid dans le dos. S'il était vraiment en Union soviétique, sa peau ne valait pas un centime. Capturé, il aurait bien du mal à expliquer sa présence. Et s'il parlait, le fruit de sa découverte profiterait alors aux Ivans.

Quant à lui, on le supprimerait purement et simplement.

En définitive, le moment de plier bagages était peut-être arrivé…

Tout en cheminant, l'œill toujours très scrutateur, Titcht chercha à démolir ce qu'il venait d'échafauder. En premier lieu, il s'interrogea sur le climat. On était en novembre et il devait sacrément cailler en Russie. Alors que là, avec ces fringues encore humides sur le dos, il ne ressentait pas les effets du froid. Sûr et certain qu'il faisait bien vingt degrés centigrades. Et puis il y avait autre chose à prendre en considération. Les fuseaux horaires ! Minuit, à l'heure du Nevada, cela correspondait, grosso modo, à midi-une heure à Baïkonour…

Résultat des courses : il n'était pas en Russie.

Donc pas sur *sa* Terre.

Ce qui n'arrangeait rien !

8

Restait l'hypothèse d'un univers parallèle.

Ce qui était déjà très déconcertant en soi, mais pas autant que l'éventualité d'un monde entièrement calqué sur celui que Titcht venait de quitter.

Dès lors, il fallait concevoir la Terre originelle comme une espèce de matrice point de départ d'une lignée infinie d'univers-reflets, lesquels suivaient apparemment la même évolution que leur modèle.

Des univers-carbones, pour en donner une image frappante.

Et le doigt de Dieu dans tout cela ? La religion en prenait un méchant coup. La Création multiple, ça ne faisait pas très sérieux.

En admettant cette fabuleuse théorie, on ne pouvait manquer de s'interroger sur le fait que la vie semblait s'être arrêtée depuis

1975 dans tout ce secteur. Que s'était-il donc passé pour que l'évolution de cet univers-carbone diverge ?

Puisque jusque-là tout avait collé à la réalité de Terre O, pourquoi ce dérapage ?

Ce qu'il faudrait en priorité, c'était quitter ce Las Vegas et aller plus avant. Afin de savoir ce qu'il était advenu des autochtones. S'il en existait, toutefois...

Une évidence s'imposa alors à Mel Titcht.

Si ce monde était habité, il n'était pas complètement stupide de penser qu'il l'était de doubles de Terre originelle ! C'était dans l'ordre des choses.

Donc, il pouvait très bien s'attendre à la présence d'un autre lui-même.

Un second Titcht !

Notre homme eut un vertige. Avec un peu de chance, il lui était possible de se retrouver face à lui-même !

En allant au bout de sa scholastique, Titcht arriva à cette conclusion pour le moins ahurissante : le seul personnage qu'il pouvait joindre sur cet univers, dont il connaissait les coordonnées par cœur, c'était fatalement lui.

En 1975, il était encore flic à la Criminelle et il habitait un studio près de Central Park. A savoir s'il avait existé sur ce monde et surtout s'il existait encore... Pour s'en assurer, il aurait fallu mettre le cap sur New York. A condition qu'il y ait également un New York...

L'esprit surchauffé de Titcht accoucha alors d'une seconde idée tout aussi saugrenue.

Le téléphone !

La ville semblait privée de courant électrique mais le réseau téléphonique, indépendant, pouvait encore fonctionner.

Titcht savait trouver une cabine téléphonique à l'angle de Squires Park et de Las Vegas Boulevard. La cité devait regorger de combinés téléphoniques mais un sentiment obscur poussait notre homme à préférer une cabine.

A pied d'œuvre, il resta un moment paralysé par le trac. Ce qu'il allait entreprendre défiait l'entendement.

Il allait se téléphoner !

et lorsqu'il [illegible] [illegible] [illegible] [illegible] [illegible] York. À condition qu'il [illegible] [illegible] la New York.

[illegible] [illegible] [illegible] [illegible] [illegible] [illegible] [illegible] [illegible]

Le téléphone.

La ville semblait privée de courant électrique, mais le réseau téléphonique, indépendant, pouvait encore fonctionner.

[illegible] [illegible] [illegible] [illegible] [illegible] [illegible] [illegible] [illegible] [illegible] [illegible] [illegible] [illegible] [illegible] [illegible] [illegible] [illegible] [illegible] [illegible] homme [illegible] [illegible] [illegible]

[illegible] d'abord il [illegible] [illegible] [illegible] [illegible] Ce qu'il allait [illegible] [illegible] [illegible] [illegible]

[illegible] le téléphone.

9

Les différents monnayeurs gavés, Titcht décrocha.

Les pièces descendirent dans un cliquetis mat, libérant la tonalité.

Titcht eut du mal à réprimer un sursaut. Le réseau fonctionnait toujours. Pour un peu, il l'aurait regretté. D'un index tremblant, il forma le numéro de son ancien studio.

Les chercheurs primaires et secondaires se mirent en branle, puis la communication fila à travers le pays jusqu'aux sélecteurs terminaux. Il y eut un silence entrecoupé de crachotis métalliques puis, enfin, la sonnerie.

Instantanément, le corps de Titcht se couvrit de sueur. Une espèce de trémulation accompagna cette suée soudaine et il dut se coller à l'une des parois pour enrayer ce tremblement de tout son être.

Deuxième, troisième... dixième sonnerie.

Apparemment, le studio était inoccupé. Temporairement, définitivement ?

A la fois déçu et soulagé, Titcht raccrocha. Finalement, il ne se sentait pas de taille à entrer en communication avec lui-même. De plus, à bien y réfléchir, un tel échange n'avait que très peu de chance d'éclairer sa lanterne. Il tournerait forcément court.

Exemple :

« — Titcht ? »

« — Oui, qui est à l'appareil ? »

« — A votre avis ? »

« — Ecoutez, j'ai un homicide sur le feu alors les devinettes, très peu pour moi ! Vous déballez votre marchandise ou bien je raccroche ! »

« — Si je vous dis mon nom, vous allez sauter au plafond. »

« — Ah oui ? Eh bien, allez-y tout de même ; les plafonds sont hauts et je viens tout juste de toucher mon traitement en pièces de un dollar, alors je ne risque pas de fracture du crâne ! »

« — Promettez-moi de ne pas raccrocher. »

« — Comme pénible, vous vous posez un peu là ! »

« — Promettez. »

« — Merde, je promets ; vous êtes content ? »

« — Je suis Titcht. »

« — Pauvre con ! »

Et clac ! Les ponts seraient coupés. Sûr et certain. Après une simple prise de contact.

Titcht décida donc de changer son fusil d'épaule. Il serait tout aussi renseigné en établissant la présence dans cet univers de quelqu'un qu'il avait connu à l'époque. D'un autre flic, par exemple.

Regonflé à bloc, Titcht composa le numéro de ce qui avait été son commissariat une dizaine d'années durant.

Monnaie. Tonalité. Cliquetis. Crachotis. Sonnerie.

— Oui, fit tout à coup une voix atone. Commissariat du 42ᵉ District ; je vous écoute.

Possesseur d'un dentier, Titcht l'eût avalé tout rond.

— Je vous écoute, répéta la voix.

— Vous êtes bien le commissariat du 42ᵉ ? ne put que chevroter Titcht.

— Oui, à votre service.

— Pourrais-je... Pourrais-je parler au lieutenant Nivloc, s'il vous plaît ?

— C'est que... Je ne sais pas si on peut le déranger en ce moment... Il est en pleine séance d'identification. Je peux lui faire une commission ?

— C'est que... C'est personnel, bredouilla Titcht complètement dépassé.

— Bien ; je vais voir ce que je peux faire... Ne quittez pas.

— Merci, fit Titcht.

Puis on le bascula sur une ligne d'attente où une voix charmeuse l'invita à patienter au son d'une musique romantique.

Accroché à son combiné, Titcht ne touchait plus terre. En l'espace d'une poignée de secondes il venait d'apprendre une foule de renseignements. D'abord, il était bien aux Etats-Unis. Enfin dans l'Amérique de cet univers. D'ailleurs on lui avait instantanément répondu en anglais, ce qui tordait le cou à sa première hypothèse de ville-école pour espions soviétiques.

Par contre, la théorie d'un univers-carbone se trouvait-elle renforcée d'autant.

Soudain, il apparut à Titcht qu'il en savait suffisamment. Avoir Nivloc en ligne ne ferait pas avancer la situation. Que pourrait-il bien lui dire ? Qu'il était Titcht ? Et puis quoi encore ?

Il allait raccrocher lorsque la standardiste — c'était une femme — le récupéra in extremis.

— Le lieutenant Nivloc est vraiment

désolé mais il lui est impossible de vous parler en ce moment.

— Tant pis, renvoya Titcht que cette réponse soulageait. Je vous remercie. Je rappellerai plus tard.

— Si vous voulez bien laisser vos coordonnées, le lieutenant se fera un plaisir de vous rappeler.

— C'est que... Je dois m'absenter de mon domicile, bégaya Titcht.

— Vous pouvez peut-être me laisser votre nom et un message.

— Non, non, je rappellerai, paniqua Titcht.

— Attendez, fit soudain la voix, on me fait signe qu'il arrive ; il a certainement réussi à se libérer. Ne quittez pas, je vous le passe.

Un jingle résonna alors dans la cabine. Sans nouvelles provisions, la communication cesserait dans une quinzaine de secondes.

Sauvé par le gong, Titcht resta à l'écoute jusqu'au bout, guettant le moment où l'organe rauque de Nivloc éclaterait dans le récepteur du combiné.

Mais il n'eut droit qu'à une longue injonction de la standardiste, laquelle lui répétait inlassablement de ne pas quitter.

Puis la litanie cessa brusquement, immédiatement remplacée par le bruit lancinant de la tonalité.

Alors Titcht se retrouva seul, la gorge inexplicablement serrée, plus démuni, plus désolé qu'il ne l'avait jamais été.

Puis ses doigts se desserrèrent et le combiné fila vers le sol avant d'être brutalement freiné par le câble qui le reliait au taxiphone proprement dit, tel un pendu qui arrive en bout de course avant d'entreprendre un fastidieux mouvement de balancier témoin d'un temps ô combien imprécis.

10

Il s'écoula bien cinq minutes avant que Titcht récupère toutes ses facultés.

Il n'avait pas vraiment perdu la tête mais simplement essuyé un méchant coup de blues.

Il se sentait un peu désemparé, cette communication démente ayant quelque peu ébranlé sa mécanique comportementale.

Admettons, à sa décharge, que les événements ne l'avaient guère ménagé ces derniers jours...

Ce léger moment de stress endigué, il s'interrogea sur la conduite à tenir durant les heures à venir. Rebrousser chemin ? Pas question ! Bien au contraire. Il fallait aller de l'avant, oui !

Pour l'heure, il ne pouvait plus entreprendre grand-chose de constructif. Ce qu'il y avait de mieux à faire, c'était de laisser passer la nuit et d'agir dès les premières lueurs de l'aube. Car il aurait du pain sur la planche s'il voulait se procurer un moyen de locomotion. D'abord il lui faudrait se choisir une bonne voiture, réactiver la batterie d'accumulateurs — avec un ou deux litres d'acide sulfurique ce devait être possible —, réviser l'allumage et surtout se dégoter du carburant, autant pour le réservoir que pour réamorcer la pompe et le carburateur.

Après quoi, il n'y aurait plus qu'à prendre la route. Enfin le sable. Et mettre le cap sur la côte. Los Angeles. Et certainement la vie. Le grouillement. Les autres. Des explications.

Et peut-être aussi des tonnes d'ennuis...

Quand on ne sait pas après quoi on court, on a souvent des surprises !

Tout en cogitant, Titcht avait cheminé sans s'en rendre compte jusqu'à hauteur de Fremont Street. Pas loin du *Mint Hotel,* précisément. Un coin que Titcht connaissait bien. De l'intérieur de cet établissement on pouvait prendre un ascenseur qui vous menait à un restaurant ultra-luxueux avec vue panoramique. De tout là-haut, on embrassait la cité entière et tout le désert alentour.. Un point hautement stratégique en cas d'événements fâcheux... Mais on n'en était pas là. Et, personnellement, Titcht préférait retourner passer la fin de la nuit au *Wildlife,* la chambre 114 lui offrant toujours une possibilité de quitter l'endroit sans grand risque.

Par association d'idées, les plus fructueuses avec les associations de malfaiteurs, il vint à l'esprit de Titcht que s'embarquer dans une telle équipée avec une seule hache en guise d'instrument de défense relevait du non-sens. Sa situation était on ne peut plus précaire et vouloir s'armer dans ces conditions ne confinait pas à la paranoïa.

Un magasin de sports tous azimuts lui offrit ce qu'il cherchait. En fait, ce fut une lunette de visée qui bloqua son regard. Une lunette montée sur une carabine Express Rigby calibre .475, une arme spécialement conçue pour la chasse aux grands fauves. Juste ce qu'il lui fallait. Malheureusement, les vitrines étaient grillagées et la porte d'entrée défendue par une grille coulissante avec serrure de sécurité, le tout renforcé d'une chaîne cadenassée.

A force de traquer les malfrats de tout poil, Titcht en avait appris long sur les mille et une manière de faire « parler » les serrures réputées inviolables. Quant aux cadenas, c'était l'a b c du métier, si l'on peut dire.

Résultat : trois minutes plus tard il prenait possession des lieux.

L'endroit regorgeait de marchandises. De la paire de chaussures de jogging jusqu'au parachute, on trouvait tout. Une véritable caverne d'Ali Baba !

Au rayon « chasse », en dehors des armes traditionnelles, il eut le plaisir de tomber sur une série de jumelles de haute gamme estampillées « Zeiss, West Germany ». Une marque internationale sur Terre originelle…

Fermement décidé à ne plus se laisser perturber par des pensées pernicieuses, Titcht s'affaira à se choisir ce qu'il y avait de mieux dans le genre, pour son cas spécifique tout au moins, c'est-à-dire des 15 X 60 à mise au point centrale. Elles grossissaient 15 fois et offraient à 1 kilomètre de distance un champ visuel de 80 mètres. De quoi voir venir et aviser… Elles permettaient également une bonne vision nocturne, ce qui pouvait se révéler utile…

Au niveau des armes, c'était plutôt la pléthore. Et toujours des firmes renommées, connues… Colt, Winchester, Rigby, Browning, Weatherby, Anschutz-Savage, Mauser, Männlicher, Merkel, Smith & Wesson, bref à peu près tout ce qui ce faisait sur le marché !

Toujours sur Terre O…

Titcht passa outre. Le temps n'était plus aux interrogations oiseuses.

Comme arme de poing, il s'arrêta à un Colt Cobra avec canon de 51 mm en calibre .38 Special. Un revolver qu'il connaissait bien, efficace et assez léger compte tenu de la capacité du barillet.

Ensuite, il s'intéressa à un Riot-Gun Smith & Wesson modèle Police Patrol, un fusil de chasse à pompe, huit coups, calibre 12. Une arme dévastatrice qui avait failli lui coûter la vie quarante-huit heures auparavant (1). Deux jours, seulement. Titcht eut un soupir. Il s'était passé tellement de choses depuis que ça aurait pu aussi bien faire cent ans !

S'estimant paré, il alla rôder près de la vitrine où trônait la .475 Rigby. Une pièce fabuleuse. Mais c'était un fusil pour courtes distances et en cas de combats rapprochés le Riot-Gun ferait mieux l'affaire.

Il se rabattit sur une copie d'un modèle Winchester 1873, calibre .22 long. Il fit aussi main basse sur une lunette de visée, toujours une Zeiss, se réservant de la monter plus tard.

Afin d'emporter son butin il eut recours à

(1) Voir l'Effet Halstead ; même auteur, même collection — N° 1193.

un sac à dos. En fait, c'était surtout pour transporter les munitions car le Cobra dormait déjà sur son flanc gauche, dans un holster d'aisselle ; quant aux deux fusils, il les prendrait en main.

Ensuite, pour voir, il entreprit un dernier tour du magasin. Skis, javelots, boomerangs, patins à roulettes, arcs *long-bow, recurve, compound ;* des tas de flacons remplis de pilules vitaminées et autres produits réputés miracles ; des vêtements aussi, shorts, tee-shirts, chaussettes en laine bouclées, anoraks coupe-vent, survêts, etc.

Rien qui intéressât notre homme dans l'immédiat.

Par contre, ce qu'il ne put s'empêcher de remarquer, c'était toujours ce manque de papier. Aucun prospectus, pas d'étiquette...

Heureusement, les cartouches étaient toutes plastifiées et les balles ne posaient pas de problème.

Son tour d'horizon terminé, Titcht sortit. Dehors, c'était toujours le silence. Avant de s'esbigner, il s'ingénia à effacer toutes traces de son passage. Qui pouvait savoir ce que l'avenir réservait ?

11

Rejoindre le *Wildlife* ne lui posa aucune difficulté.

Comme il n'était pas question de prendre l'ascenseur, il dut s'enfiler les six étages à pied. Avec son sac à dos, il avait tout l'air d'un routard en train d'escalader les pentes de la Jungfrau.

Devant la porte de la chambre 114, il eut un moment de panique. Perdu dans ses pensées, il avait tout bonnement oublié de prendre la clé à la réception !

Pas très chaud pour s'appuyer à nouveau douze étages, Titcht se demandait s'il n'allait pas faire sauter la serrure d'un projectile de .38 bien placé quand il lui revint à l'esprit qu'il détenait toujours dans ses poches les deux passes remis par Harold Snyder.

Evidemment, le premier ne fut pas le bon.

Le second non plus.

Titcht eut beau insister, rien n'y fit.

Pour un peu, il aurait sauté de joie. Enfin quelque chose qui clochait. Enfin une différence concrète dans le domaine du détail.

Dans la foulée, Titcht alla jusqu'à la chambre 119.

Là, la porte s'ouvrit à la première sollicitation.

Plongeant notre homme dans un abîme de perplexité.

12

Ce fut une impression d'intense chaleur qui réveilla Titcht.

Plus qu'une impression si l'on songe que le soleil inondait la pièce, la transformant en véritable fournaise.

Hébété, Titcht se coula hors du lit, se rapprocha de la fenêtre, l'ouvrit.

Là, en contemplant la portion de ville qui s'étendait à ses pieds, il s'efforça de faire le point sur ce qui s'était passé quelques heures auparavant. Sur le fait qu'aucun des passes n'ait pu ouvrir la chambre 114. Quelles conclusions en tirer ? Aucune ! Ça ne faisait jamais qu'un mystère de plus. Et dans l'état actuel de la situation, ça ne tirait pas vraiment à conséquence.

D'ailleurs Titcht avait renoncé à comprendre. La veille, si l'on peut dire car il était tout de même plus de minuit, il s'était introduit dans la chambre 119 sans plus se poser de questions. Les lieux rapidement inventoriés, il s'était couché après avoir bouclé la porte et s'était endormi comme une masse.

Crevé, il avait dormi d'une seule traite sans le plus petit cauchemar.

Un coup d'œil à sa montre lui apprit qu'il allait être onze heures. Vrai, il en avait méchamment écrasé !

Réprimant un bâillement, il s'intéressa à ce qui se passait au-dehors. De par sa situation sur l'aile gauche de l'hôtel, à gauche quand on se présentait face au bâtiment, il avait une vue plongeante sur Bonanza Road et toute une portion de désert en arrière-plan.

Rien de bien folichon.

Il resta un bon moment à scruter les environs sans rien remarquer. Las Vegas ressemblait à une ville morte.

Fataliste, Titcht passa dans la salle d'eau, jeta un regard torve à son reflet dans le miroir qui surplombait le lavabo. Pas bien brillant, son double ! Des valises sous les yeux, une barbe couleur acier, un teint grisâtre. Rien d'un play-boy !

La bouche sèche, il ouvrit un robinet au hasard. Un jet d'une eau presque rougeâtre s'écoula instantanément. Pas question de boire ça. Pour les ablutions, ce n'était pas l'idéal non plus.

Notre homme se rabattit sur le mini-frigo qui meublait l'entrée. Des bouteilles, pleines, mais dépourvues d'étiquettes. Décidément !...

Titcht descendit à la file deux bouteilles de Coca facilement identifiables à la couleur du liquide et à la forme caractéristique du contenant. C'était chaud mais buvable.

Sa soif étanchée, Titcht s'en revint à la fenêtre pour une nouvelle observation du site mais aux jumelles, cette fois. Le paysage lui sauta aux yeux, les moindres détails prirent du relief sans pour autant révéler quoi que ce soit d'inédit. Même agrandi 15 fois, le désert restait... désert !

Pas vraiment surpris, Titcht se secoua. Il avait assez perdu de temps en dormant plus qu'il n'était raisonnable. Priorité rouge au moyen de transport. En ces jours de novembre, la nuit tombait vers 17 heures ; il fallait donc se bouger sous peine de devoir passer une nouvelle nuit sur place.

Ne sachant pas très bien comment il allait opérer, Titcht décida de ne pas s'encombrer de la Winchester. Il glissa donc arme, munitions et lunette de visée sous le lit. Dieu seul savait de quoi demain serait fait. Et encore, Dieu, dans cet univers...

Après quoi, le sac à dos bien calé sur les épaules, il quitta l'endroit.

En passant devant la chambre 114, Titcht eut une caresse furtive pour le battant.

Puis il entreprit de rallier l'extérieur tout en s'arrangeant pour ne pas faire trop de bruit, les sens toujours en éveil.

Il atteignit le hall d'entrée sans problème, passa près du bureau de la réception où il décrocha la clé du 114, gagna la sortie.

Mais il se ravisa, revint au tableau des clés, l'arracha carrément du mur. Tous les sésames dégringolèrent sur la moquette en tintinnabulant. Bien malin qui à présent pourrait se livrer à un décompte des clés.

Définitivement paré, Titcht quitta enfin le *Wildlife*.

Bien vite, il se retrouva dans le sable, les yeux agressés par la réverbération.

Se glissant entre une Buick et une Oldsmobile, il enfila Mesquite Avenue en direction de Las Vegas Boulevard. Il voulait repasser devant l'hypermarché afin de se procurer des bouteilles plastiques d'acide sulfurique et aussi d'autres bouteilles de produits inflammables genre distillats de pétrole et assimilés qui pourraient peut-être faire office de carburant. La mécanique renâclerait certainement, mais Titcht s'en tamponnait. Il se réservait également une petite visite rapide au magasin de sport dans l'intention de se dénicher une paire de chaussures un peu plus souples que les vieilles boots qu'il traînait depuis une éternité.

Il allait atteindre le carrefour, remonter vers Fremont Street lorsqu'une succession de sons divers le figea.

En fait, ce qui lui donna la clé de l'énigme, ce fut un hennissement.

Instantanément, il identifia un cheval, le bruit mat des sabots martelant le sable...

D'un bond, il se jeta entre deux véhicules en stationnement.

13

Coincé entre la calandre d'une Pontiac Firebird et le cul abrupt d'une camionnette blanche Bedford, Titcht, les genoux rentrés dans le menton, ne savait pas très bien quelle conduite adopter.

C'était ridicule ce réflexe qui l'avait fait se précipiter là ! Depuis douze heures il traquait le moindre signe de vie, et lorsque cela se présentait, voilà qu'il ne trouvait rien de mieux à faire que de se mettre à l'abri !

Une saute de vent lui amena l'écho d'un second hennissement.

Un deuxième cheval ?

En se contorsionnant, Titcht se libéra du havresac, préférant une entière liberté de mouvement.

Avisant alors la poignée chromée qui commandait l'ouverture des deux battants arrière de la camionnette, Titcht la manœuvra, fut presque surpris de la sentir répondre à sa sollicitation.

Un battant entrouvert, il y glissa son sac, pénétra à sa suite en évitant tout mouvement brusque qui trahirait sa présence, referma en silence.

Le plancher du véhicule était recouvert d'une moquette à poils longs.

Titcht le constata en progressant vers l'avant, au simple contact de ses doigts, car tout l'intérieur était plongé dans la pénombre, et cela malgré le soleil qui écrasait la ville.

La raison de cette semi-obscurité ne tarda pas à apparaître à Titcht. Toutes les vitres du véhicule étaient fortement teintées. A tel point qu'il n'était pas sûr que l'on puisse distinguer quoi que ce soit de l'extérieur. C'était une possibilité mais il valait mieux rester prudent et ne pas se risquer directement derrière l'une des glaces.

Abandonnant le sac dans une espèce de casier, Titcht rampa vers la cabine, s'agenouilla derrière les hauts dossiers à protège-nuque et s'intéressa de très près à ce qui se passait au-delà du coupé Mercedes stationné devant la camionnette.

Le souffle court, il vit un cheval surgir à sa droite, remontant Las Vegas Boulevard sens nord-sud.

Un cheval monté par un cavalier dont il était bien difficile de se faire la moindre idée.

Imaginez une silhouette toute vêtue d'une robe de bure noire, avec cordelière à la taille, cagoule, les pieds chaussés de bottes luisantes, les mains cachées par des gants à crispin.

De couleur noire également, les bottes et les gants.

La main gauche enrênée, la droite refermée sur la crosse d'une carabine que Titcht identifia comme une Gamemaster Remington à pompe.

Un frisson parcourut l'échine de Titcht. Apparemment, il avait bien fait de se mettre à l'abri.

Parvenu au centre du carrefour de Mesquite Avenue et de Las Vegas Boulevard, le cavalier stoppa sa monture, jeta un long regard alentour.

Le cœur battant la chamade, Titcht récupéra les jumelles qu'il avait momentanément déposées dans le havresac pour être plus libre de ses mouvements. Les oculaires chaussés, il passa au réglage en agissant sur la molette centrale.

Malgré l'écran obscur du pare-brise, Titcht eut bientôt une image correcte en dépit du peu de distance qui le séparait de son objectif.

Soudain, le cavalier se tourna vers lui.

Une seconde, Titcht eut l'impression que l'autre l'avait débusqué et il connut un début de panique.

Puis le cavalier fit volter son cheval, l'engagea entre deux véhicules en stationnement, se laissa glisser au sol, attacha négligemment sa monture à un montant de clôture qui bordait Squires Park et se dirigea vers la cabine téléphonique érigée à cet endroit, celle-là même qui avait servi à Titcht pour appeler le commissariat du 42e District.

Hasard, monstrueuse coïncidence, ou alors…

Titcht retint sa respiration.

Dans les oculaires, il vit le cavalier pénétrer dans la cabine, s'arrêter devant le combiné qui pendait au bout de son câble.

Dans sa planque, Titcht jura. Fi des coïncidences ! Ce cavalier était là pour lui. Lorsqu'il avait téléphoné, cette nuit, on l'avait fait poireauter sous n'importe quel prétexte afin de mieux le loger. Et on avait réussi, à ce qu'il semblait.

Et, présentement, on était sur ses traces.

Le cavalier ne s'attarda pas. Il quitta la

cabine, se retourna et une fois encore Titcht se sentit transpercé par son regard.

Par son absence de regard, plutôt, si l'on songe que la cagoule dissimulait entièrement la tête du nouvel arrivant et qu'on ne distinguait de lui que les verres réfléchissants de lunettes genre Ray-Ban.

Drôle de citoyen...

Titcht s'interrogea : que pouvait-il raisonnablement déduire de l'arrivée de ce cavalier ? D'une part, qu'on l'avait logé suite à son appel téléphonique ; d'autre part que l'on s'inquiétait de lui.

Mais ce cavalier qui n'était pas sans rappeler la Sainte Inquisition, quelle pouvait être sa fonction ? Cette arme qu'il trimbalait en permanence, comment fallait-il la voir ? Comme le simple symbole d'une fonction, tel un flic qui transporte toujours une arme sans pour autant s'en servir, ou bien plus précisément comme un élément répressif ?

Pour le savoir, il n'y avait qu'une solution : se découvrir.

Là-bas, le cavalier regardait longuement autour de lui. Comme un chien qui hume le vent. Soudain, il quitta le trottoir, s'engagea sur le sable du carrefour.

Titcht laissa tomber ses jumelles. L'autre se rapprochait nonchalamment, carabine à la main, comme un shérif en tournée. Ami, ennemi, tout le problème était là.

Poursuivant son avance, le cavalier fut bientôt à hauteur de la camionnette. Par l'un des panneaux latéraux, Titcht le vit soudain s'immobiliser. Apparemment, il venait de faire une découverte.

Se collant littéralement au panneau teinté, Titcht tenta de voir ce qui mobilisait l'attention de celui qu'il pouvait considérer comme son poursuivant.

L'autre avança derechef, s'arrêta, s'agenouilla.

Cassant net l'angle de vision de Titcht, lequel dut carrément se retourner et suivre la scène par le truchement d'un rétroviseur d'angle.

Une surprise l'attendait qui lui arracha un juron.

Mesquite Avenue s'étirait, rectiligne, vertigineusement vide.

14

Dans la gorge de Titcht, le juron se mua en cri inarticulé. Comment l'autre avait-il pu se volatiliser en l'espace d'une seconde ? Juste le temps de tourner la tête et pffft ! C'était incroyable !

Les yeux rivés au rétro légèrement grossissant, Titcht aperçut alors ce qui avait attiré l'attention du cavalier.

Des traces, tout simplement.

Les siennes.

Un long sillon irrégulier, comme une éventration dans le sable lisse.

Un chemin qui menait tout droit à la camionnette !

Titcht se retourna vivement, lança sa main à la recherche du Riot-Gun.

Simultanément, par le panneau vitré latéral, son regard accrocha la silhouette sombre du cavalier. Il s'était relevé, avait reculé de quelques pas et fixait la camionnette avec circonspection de ses yeux-miroirs.

Titcht eut l'impression qu'une griffe glacée lui déchirait les entrailles.

Non, c'était impossible !

Ses yeux dévièrent alors, se figèrent sur le rétroviseur.

Mesquite Avenue apparut, toujours déserte.

Titcht crut que sa raison vacillait.

Le cavalier... Il était là et pourtant son image ne s'imprimait pas dans le rectangle du rétro !

15

Le regard de Titcht fit plusieurs fois l'aller et retour car notre homme avait du mal à en croire ses yeux. Chaque fois le phénomène se reproduisit et il lui fallut bien admettre la réalité.

Ce type habillé comme un moine ne se reflétait pas dans le rétroviseur.

Immédiatement, tout un folklore revint à l'esprit de Titcht.

La Transylvanie. Les Carpates. Le comte Dracula. Les vampires.

Les vampires, ces êtres maudits qui ne connaissent pas la paix des morts et resurgissent durant les ténèbres à la recherche de sang frais.

Titcht se secoua. Il était en train de perdre les pédales. Les vampires n'existaient pas, n'avaient jamais existé. Tout cela appartenait aux contes et légendes. Même Bubba Catfish en était convenu lors de leur première rencontre, lui, l'homme du Bureau des Affaires Parallèles, qui était pourtant licencié en physique et chimie, métaphysique, psychologie et parapsychologie. Titcht avait encore ses paroles en mémoire. Tout ce qui touchait aux vampires était sans fondement. Rien que des récits anciens colportés et enjolivés. Des contes et légendes, rien d'autre. Quant aux cas de vampirismes contemporains, ils relevaient tous d'un caractère sexuel.

Alors ?

Alors, rien. La réalité parlait d'elle-même. Et elle se traduisait par une espèce de cagoulard armé d'une carabine Remington, une silhouette sombre qui se tenait bien droite au beau milieu de Mesquite Avenue, en plein soleil...

Titcht remarqua alors que le cavalier ne dispensait pas d'ombre. Non content de ne pas se refléter dans le rétroviseur, voilà qu'il ne produisait aucune zone d'ombre... Était-ce une caractéristique du mythe vampire ?

Puis le cavalier fit un pas vers la camionnette et Titcht cessa de s'interroger.

La gorge sèche, il recula de manière à se perdre dans l'obscurité qui baignait l'intérieur du véhicule.

Bien lui en prit si l'on songe que le

cavalier s'encadra bientôt dans le panneau latéral.

Titcht le vit se pencher, tenter de percer l'écran teinté du vitrage, la main gauche en visière au-dessus des verres réfléchissants.

Cet essai dut se révéler infructueux car il se glissa jusqu'à hauteur de la portière, fit jouer la serrure...

Titcht se tassa sur lui-même, Riot-Gun pointé, le doigt sur la détente, le souffle ultra-court.

Contrairement à ce qu'on aurait été en droit d'attendre, le pêne ne joua pas. La portière était fermée. Une chance que Titcht ait pu se faufiler par l'arrière. Le propriétaire du véhicule devait être particulièrement distrait. Il avait pensé à boucler les deux portes avant sans se préoccuper d'assurer ses arrières. Une bénédiction pour Titcht, cet oubli. A condition qu'il puisse sortir de là sans dommages.

Contrarié, le cavalier avait entrepris de rallier la seconde porte avant lorsqu'un bruit le figea.

Une espèce de bip-bip strident qu'on devait entendre à des kilomètres de là.

Sans bouger, le cavalier émit alors un sifflement destiné à sa monture. Une certaine complicité liait l'homme à la bête car le cheval se libéra lui-même avant de rappliquer au trot.

Le bip-bip s'amplifia d'autant. Il émanait d'une sorte de radiotéléphone à accumulateurs fixé de part et d'autre de l'avant de la selle.

Le cavalier posa sa Gamemaster contre le mufle de la camionnette, décrocha, connecta une commande en position émission-réception avant de s'annoncer :

— Tungsten, j'écoute.

— Station Sister Five, ça carbure, Tungsten ?

— Celle-là, je ne me lasse pas de l'entendre ; heureusement, d'ailleurs, car c'est bien la millième fois qu'on me la sert !

— Je suis pour le comique de répétition, personnellement. C'est le meilleur moyen de durer. Bon, si on en venait à notre histoire : cette communication sur New York, cette nuit, ça donne quoi ?

Dans sa planque, Titcht ne perdait pas une miette de la conversation. Il était comme fasciné, ne pensait même pas à mettre cet intermède à profit pour essayer de filer. En fait, comme il naviguait en plein brouillard, il valait mieux pour lui glaner un maximum de renseignements. Se défiler n'aurait finalement pas servi ses intérêts. En écoutant, il ne pouvait que s'instruire.

— Encore rien de concret ; je suis sur la piste.

— Chaude, la piste ?

— Tiède.

— Le gibier est levé ?

— Pas vraiment mais c'est juste une question de temps. Les traces sont fraîches.

— Bien. Tu penses en venir à bout sans problème ?

— Ce ne sera jamais que ma cinquante-septième prise. Et je n'ai pas l'intention de décrocher avant d'en avoir une centaine à mon tableau de chasse.

— Vivant, il nous serait d'un grand secours ; on a toujours besoin de renseignements sur ces hordes de Migrants.

— Celui-là n'appartient pas à une horde. A mon avis c'est un Solitaire.

— Ce sont les plus dangereux. Le fait qu'il ait pu tenir aussi longtemps en est la preuve. Finalement, tu ferais bien de te méfier...

— Peut-être que la solitude lui pèse, qu'il recherche une fin fracassante...

— Comment ça ?

— Son coup de téléphone.

— Pour nous narguer. Pour pimenter son existence de marginal.

— Il savait bien qu'on le repérerait. Il a

dû appeler en connaissance de cause. Il a certainement une idée derrière la tête.

— Ne prends pas le moindre risque. Ne lui laisse pas la plus petite chance de nous filer entre les doigts.

— Je vais l'avoir, mort ou vif.

— Si tu as un problème, appelle ; on enverra une équipe sur place. De toute façon, il faudra bien qu'on en vienne un jour à raser cette ancienne ville de perdition ! Alors, un peu plus tôt, un peu plus tard...

— C'était tout de même de la belle architecture, non ?

— Qui servait une idéologie décadente. Eh, tu fais du déviationnisme ou quoi ?

— C'est ma forme d'humour, simplement. Bon, je rappelle dès que j'ai du nouveau.

— Fais pour le mieux.

— Je l'aurai. Salut.

— A bientôt !

Et l'échange cessa, laissant Titcht littéralement assommé. A travers tout ce qu'il venait d'entendre, il apparaissait comme évident que sa peau ne valait pas un *cent*. On l'avait baptisé « gibier ». Après ça, tout discours devenait superflu. A son endroit, on avait aussi parlé de « Migrant », de « Solitaire ». D'une solitude certainement pesante. De la recherche d'une fin fracassante. Tout cela dans la belle langue de Shakespeare. Toujours. Las Vegas que l'on pourrait raser... parce qu'elle avait été le phare d'un système dégénéré !

Que déduire de tout ce fatras ?

Qu'une société en avait remplacé une autre, à coup sûr, et que lui, Titcht, faisait partie du passé.

Il s'était désigné comme tel rien qu'en donnant un coup de téléphone...

Cela méritait réflexion, non ? Comment avait-on pu savoir qu'il était un... Migrant, ou même un Solitaire ? Parce qu'il avait demandé Nivloc ? Peut-être bien. Peut-être que ce Nivloc-là s'était révélé comme le leader d'un mouvement de résistance... Ou bien alors il y avait une formule, une phrase-clé, une litanie incantatoire dont il n'avait fatalement pas émaillé son dialogue... Ou bien un mélange de l'ensemble. Ce devait être ça. D'ailleurs, ce cavalier habillé comme un moine laissait entrevoir un retour à une ère religieuse. En y songeant d'un peu plus près, c'était une situation quasi normale. Un retour aux sources. Ce qui se passait déjà sur Terre O avec toutes ces sectes qui ne cessaient de voir le jour, sans oublier ce qui était arrivé en Iran avec le règne des ayatollahs.

Personnellement, Titcht n'était pas partant. Tout cela lui semblait déraisonnable. Une régression. Bien sûr, tout n'était pas bon dans cette vallée de larmes, mais de là à faire marche arrière, à replonger en plein obscurantisme…

D'ailleurs, notre homme ne vivait pas en Iran, n'adhérait à aucune confession mais laissait les autres libres de leurs croyances. Jamais il ne lui serait venu à l'idée de partir en guerre contre les religions quelles qu'elles soient.

Seulement pour le présent, c'était l'inverse qui se produisait.

Un moine armé d'une Gamemaster semblait fermement décidé à faire de lui sa cinquante-septième victime.

Un moine qui ne se reflétait pas dans les rétroviseurs !

Pourtant, les vampires étaient en général des créatures de l'enfer…

Titcht se secoua. Tout ça ne tenait pas debout. Sans compter que le moment était mal choisi pour se perdre en considérations fumeuses.

Dehors, le cavalier avait raccroché, s'approchait de la portière côté passager. Et il avait récupéré son arme.

Titcht se glissa sur l'autre bord, le Police Patrol pointé. Il était bien déterminé à ne prendre aucun risque. L'autre ouvrait la porte et il l'allumait quasiment à bout portant. Tirer d'abord, discuter ensuite. Ce type était forcément un tueur. Cinquante-six victimes, ça demande une sacrée préméditation. Et depuis longtemps Titcht s'était donné comme règle de ne jamais parlementer avec un tueur. De plus, dans la conjoncture actuelle, c'était la meilleure solution. D'après ce qu'il avait pu comprendre, l'autre était venu seul. En éclaireur, comme qui dirait. Titcht n'avait donc pas à craindre d'alerter qui que ce soit. Sur-le-champ, s'entend. Ensuite, on s'inquiéterait certainement du silence de ce... Tungsten, on enverrait sûrement du secours. Mais à ce moment-là Titcht n'aurait plus rien à craindre. Il serait loin. De retour dans un monde meilleur.

Une nouvelle fois, la portière résista.

Surpris, pour ne pas dire dépité, le cavalier s'acharna, faisant tanguer la caisse du véhicule.

Puis, constatant l'inanité de ses efforts, le moine décrocha, apparemment décidé à tenter sa chance par l'arrière de la camionnette.

Titcht imagina sa progression. C'était comme si la tôle était soudain devenue transparente. Il le voyait. Il atteignait l'angle, se faufilait dans l'espace que laissaient les deux véhicules, avait déjà la main sur la poignée chromée...

« J'attends le tout dernier moment, songea Titcht. J'attends qu'il ouvre. En grand. Que sa silhouette se découpe en pleine lumière. C'est le plus sage. Lui ne pourra pas m'apercevoir instantanément. Il fait noir comme dans un four dans cette bagnole. Une obscurité qui joue pour moi. Il ne va pas tirer avant de m'apercevoir, tout de même... »

De ce dernier point de détail, Titcht aurait aimé être convaincu. Et puis il y avait autre chose qui le chiffonnait soudain : ces cartouches dont il avait garni le Police Patrol, est-ce qu'elles étaient encore bonnes ? Depuis 1975, en admettant que l'on fût en 1980, elles avaient pu s'altérer. C'était dans le domaine du possible, bien que le climat, plutôt sec, minimise ce genre de risques. Evidemment, il lui restait son Colt Cobra. Mais la puissance de feu n'était pas la même. Merde, s'il avait su ! Il aurait dû se livrer à des essais, faire quelques cartons au lieu de se tenir à une réserve prudente !

La poignée joua.

Titcht se déplaça doucement, de manière à se trouver dans le bon axe de tir.

Le battant s'entrouvrit légèrement, projetant un losange de lumière sur la paroi intérieure droite de la camionnette.

Le cœur de Titcht fit un bond, comme s'il voulait jaillir hors de sa poitrine.

C'est alors que retentit derechef le bip-bip entêtant de l'espèce de radiotéléphone.

16

Titcht connut alors une seconde d'éternité.

Il était en plein sur le fil du rasoir. Tout était encore possible. L'autre laissait sonner ou bien il rebroussait chemin et...

Les tympans à vif, Titcht n'était plus qu'oreilles. Tendu, il essayait de capter le moindre bruit, le plus infime frôlement, en bref de se faire une idée du comportement de son adversaire.

Et ce bip-bip qui n'en finissait pas de lacérer le silence.

Pénible.

Exacerbant.

Lancinant.

Déchirant.

Intolérable.

Insuppor...

Et soudain, plus rien.

Un calme symphonique.

Troublé par le murmure d'un dialogue naissant.

Le cavalier était revenu près de sa monture, avait établi le contact, entamait les préliminaires.

— Tungsten, j'écoute.

— Station Sister Five, Tungsten. Nous avons du nouveau : notre mystérieux correspondant vient tout juste de se manifester.

— Comment ça ?

— Il vient d'établir une communication à partir d'une cabine qui se trouve à l'angle de Clark Avenue et Maryland Parkay.

— Il y a combien de temps ?

— C'est tout chaud ; chaud-bouillant, même.

— Depuis notre dernier entretien ?

— Oui. Toute la zone est sous surveillance. Priorité Rouge. On ne peut pas décrocher un téléphone sans que nous soyons sur le coup.

— Et alors ?

— Alors nous avons eu une touche. Un appel en direction de Salt Lake City. Il n'y a pas trois minutes. Tu devrais le coincer facile...

— On sait après qui il en avait ?

— Pas vraiment ; il appelait une autre cabine. Mais on s'est arrangé pour bloquer la ligne. Comme si c'était occupé. Nul doute qu'il va retenter sa chance. Tu vas pouvoir le cueillir en beauté. Le cinquante-septième… Un véritable cadeau !

— J'y vais ; merci du tuyau, j'étais en train d'enfumer un terrier vide.

— Presse-toi, tu vas rater le coche !

— On parie ? Une virée à la Saint Florence ! Le vainqueur a le droit d'assouvir tous ses fantasmes !

— Tenu ! Prends tout ton temps…

— Je suis déjà à moitié chemin. Salut ! Effectivement, le cavalier avait déjà enfourché sa monture et il piquait des deux, disparaissait happé par Las Vegas Boulevard South.

Dans sa planque, Titcht ne put retenir un sanglot. Jamais il ne se souvenait avoir été soumis à une telle pression. Alors il était normal qu'il ait besoin de relâcher la vapeur.

Bon sang, ça avait été tout ce qu'il y a de juste. Sauvé par le gong. Sans cet appel ô combien opportun…

Il fut soudain pris d'un tremblement qu'il s'efforça d'endiguer en se glissant à l'avant de la camionnette pour s'assurer du départ de ce drôle de moine. Une mesure tout à fait gratuite car il l'avait parfaitement vu partir au petit galop mais il lui fallait une confirmation.

Il l'eut.

Le carrefour était désert.

L'autre devait d'ailleurs pratiquement avoir atteint Clark Avenue...

Titcht se mordit la lèvre pour s'assurer qu'il ne rêvait pas. Cette chance, misère ! C'était proprement incroyable. Un pied de nez à la scoumoune. Son étoile donnait en plein. Après un coup pareil, il ne devait plus prendre le moindre risque. Ç'aurait été criminel. La providence ne le prendrait pas deux fois sous son aile. Non. C'était à lui d'interpréter le message.

En clair, à lui de prendre ses jambes à son cou et de retourner d'où il venait sans marquer la moindre pause.

Filer et vivement.

Seulement voilà, il se sentait comme liquéfié. Sans tonus. Tous ses muscles avaient tout à coup la consistance de la guimauve. Quant à ses nerfs, ils jouaient relâche. Liquéfié, vraiment. Au propre comme au figuré car il se découvrit soudain ruisselant de sueur. Il régnait d'ailleurs une chaleur démente à l'intérieur de la camionnette. Une véritable fournaise. Un enfer que Titcht, jusque-là tendu comme une arbalète, n'avait pas remarqué.

Bon, il fallait tout de même penser à déménager, et pas dans cent sept ans.

Après un dernier coup d'œil à l'avant, sur le carrefour toujours désert, Titcht rampa vers l'arrière du véhicule. Par le battant entrebâillé, il surveilla un moment l'enfilade de Mesquite Avenue, ne découvrit rien d'alarmant, s'enhardit jusqu'à sortir.

Là, après un ultime regard à droite et à gauche, il récupéra son havresac, le jeta sur son épaule, referma le battant arrière, puis se rendit compte de sa bévue, le rouvrit afin de l'abandonner exactement dans la position où le moine l'avait laissé.

De manière à ne pas attirer bêtement l'attention. Si le cavalier revenait, inutile de lui mettre la puce à l'oreille. Bien sûr, lui serait déjà loin, mais il préférait laisser les choses en ordre.

Alors, en prenant bien soin de repasser dans ses propres traces, il regagna le *Wildlife*.

17

En escaladant les six étages qui devaient le mener à la chambre 114, Titcht commença à se poser des questions.

Ce coup de téléphone qui lui avait en quelque sorte sauvé la mise, qui avait bien pu le donner ? Un Migrant, un Solitaire à en croire les propos sibyllins du cavalier.

En tout cas quelqu'un qui allait se trouver dans une fort mauvaise passe.

Et cela par sa faute à lui, Mel Titcht, à bien y réfléchir. En effet, sans sa communication de la nuit dernière au lieutenant Nivloc, jamais personne n'aurait pensé à mettre le réseau téléphonique de Las Vegas sous surveillance totale.

Voilà que sa venue dans cet univers allait entraîner des modifications bien indépendantes de sa volonté. Il n'en restait pas moins qu'un autochtone allait pâtir de son geste inconsidéré. Mais comment savoir qu'une simple communication pouvait déboucher sur une telle situation ? Qu'on allait le repérer et lui envoyer une espèce de moine à cheval pour le débusquer ? Hein, comment prévoir ça ?

En atteignant le sixième niveau, Titcht ne savait plus très bien où il en était. Pour l'heure, dégoulinant de sueur, la langue sèche comme un buvard, il ne pensait plus qu'à une chose : boire.

Une nouvelle fois il ignora la chambre 114 et gagna celle où il avait roupanné quelques heures auparavant.

Une fois à l'intérieur il s'intéressa au mini-frigo. Laissant de côté les jus de fruits, il s'intéressa de près à une bouteille de vodka, facilement identifiable par la forme caractéristique du contenant et aussi par la limpidité du contenu. En fait, il avait surtout besoin de raide. Quelque chose qui le remette d'aplomb. Qui lui redonne un peu de mordant.

L'alcool, tiède, lui ravagea le palais et les entrailles. Malgré cela il s'enfila une seconde rasade, puis une troisième pour calmer les effets des deux précédentes.

Après quoi, il s'accorda une pause, histoire de démêler la situation.

En vérité, il n'y avait rien à démêler du tout. Il était tombé dans un monde de demi-fous, et s'il avait eu une once de bon sens il aurait déjà pris son billet de retour.

Comme la sueur lui brûlait les yeux, il passa dans la salle d'eau, ouvrit derechef le robinet d'eau froide.

L'eau s'écoula instantanément, toujours rougeâtre. Il passa un doigt dessous, la trouva agréable. Fraîche. De là à prendre un bain ! Il aurait l'impression de nager dans le sang. Comme dans un film qu'il avait vu et qui relatait les agissements d'une femme superbe, la comtesse Elisabeth Bathory, laquelle conservait sa jeunesse en prenant de véritables bains de sang, du sang humain, celui de jeunes filles enlevées puis torturées et enfin égorgées.

Et si cette eau était du sang ?

Dans cet univers fou, tout était possible. Dans un monde de vampires pourquoi n'y aurait-il pas le sang « sur l'évier » ? Froid ou chaud, selon...

Titcht ouvrit l'autre robinet. La même eau rougeâtre s'écoula. Fraîche elle aussi.

Fasciné par le tourbillon, Titcht laissa traîner une main dans le lavabo, la remonta pleine de liquide. C'était bien de l'eau. Qu'est-ce qu'il avait donc cru ? Il était vrai que dans une ville où des moines assassins ne se reflétaient pas dans les glaces on pouvait tout attendre ! C'était dingue, non ?

Ne pas se refléter. Et s'il s'était trompé ? Il avait peut-être mal vu. Sûrement. Certainement une hallucination engendrée par la peur. Pas de reflet. Pas d'ombre, non plus. Et puis quoi encore ?

Lui se reflétait, en tout cas. Il avait pris la poussière et la sueur formait de longues coulées grisâtres sur son visage. De la main, il éprouva sa barbe. Elle n'avait jamais été si dure.

Puis son regard revint sur l'eau et il remarqua qu'elle commençait à s'éclaircir.

C'était drôle, d'ailleurs, que l'eau continue à couler de la sorte. Il devait fatalement y avoir une machinerie complexe qui fonctionnait encore. Pour arriver jusqu'au sixième, il fallait une sacrée pression.

De toute manière, ceux qui vivaient ici avaient besoin d'un minimum. Ils avaient dû s'organiser pour remettre le réseau de distribution en service.

Soudain le robinet d'eau chaude se mit à cracher et un jet de vapeur envahit la pièce, faisant reculer Titcht. Puis il y eut un long sifflement accompagné d'une brume noirâtre. Et l'eau coula à nouveau, presque jaune, avant de devenir quasiment transparente. Pas encore tout à fait limpide mais chaude à en croire les fumerolles qui montaient du lavabo. Bouillante même. Titcht en fit la cruelle expérience en refermant le robinet.

L'eau chaude était chaude !

A première vue, il n'y avait pas de quoi grimper au mur mais dans la conjoncture actuelle on ne pouvait que s'étonner.

Cela signifiait que le courant électrique fonctionnait aussi. Pas tous azimuts puisqu'il avait pu constater que la ville demeurait dans l'obscurité totale la nuit dernière. Néanmoins les câbles distributeurs devaient être sous tension ; pour le reste tout devait dépendre de différents relais, de manettes à positionner.

Cela signifiait aussi que la ville abritait plus qu'un Migrant ou Solitaire mais certainement une véritable communauté.

Des hommes, des femmes, et aussi des enfants qui allaient connaître des ennuis en cascade par sa légèreté, son inconséquence.

Pour un simple coup de téléphone.

Cela lui rappelait curieusement ces romans d'anticipation où des voyageurs de l'espace, des découvreurs de planète, devaient s'engager à ne pas intervenir dans la vie des autochtones sous peine de fausser leur évolution.

En fait, c'est un peu ce qui arrivait.

Par sa faute à lui.

Il ne pouvait pas partir comme ça, filer

comme un malpropre après avoir mis le feu aux poudres.

Non.

Il était obligé de redescendre et d'aller voir ce qui se passait du côté de Maryland Parkway.

Obligé.

D'ailleurs, inconsciemment, il avait déjà choisi sa route. Le simple fait qu'il ait opté pour cette chambre au lieu de se rendre directement à la 114 le prouvait.

Encore une ou deux rasades de vodka et il retournait dans l'arène.

Sous peine de ne plus supporter son image, son regard dans la glace. Evidemment, il n'avait pas une gueule de jeune premier mais il pouvait plaire. Et il se plaisait à lui. Une fois débarrassé de cette pellicule de poussière, de cette barbe qui lui donnait l'allure d'une poivrade, il serait à nouveau très présentable. Mignon. C'était un adjectif que les femmes avaient souvent employé à son endroit. Mignon... Pourquoi pas ? Il aurait préféré « beau », mais mignon c'était déjà pas si mal.

Un bruit mobilisa soudain son attention.

Comme un froissement.

Quelque chose de léger, d'imperceptible, d'impalpable.

Plutôt un déplacement d'air.

Comme si quelqu'un venait de pénétrer dans la pièce.

Par le biais de la glace le regard de Titcht couvrait quasiment toute la salle d'eau, et aussi une partie de l'entrée.

Partout, c'était le vide.

Personne en dehors de lui. Aucune présence visible.

Visible...

Visible !

Pris d'un doute effroyable, Titcht se retourna d'un bond. Alors il crut que son cœur explosait.

Le moine était là, au seuil de la salle d'eau, encadré par le chambranle de la porte, qui le fixait de ses verres réfléchissants.

Une seconde pétrifié par la terreur, Titcht retrouva cependant un semblant de réflexe, porta la main à son Colt Cobra.

L'autre avança d'un pas. Son bras se détendit. Le canon de la Gamemaster fouetta l'air dans un sifflement aigu avant de percuter la tempe droite de Titcht.

Lequel s'écroula instantanément, un feu d'artifice dans la tête.

18

Son retour à la réalité se fit par paliers.

D'abord, il émergea, la tête lourde, avec l'impression d'assister à un concert de percussions.

Puis la douleur s'atténua, c'est du moins ce qu'il lui sembla, et il entra de plain-pied dans le concret.

Tout lui revint en une vague déferlante.

Il était en train de se rincer les amygdales à la vodka, lorsque ce moine, cette saloperie de moine invisible lui était tombé sur le poil. Sous le canon de la Gamemaster, il n'avait pas fait un pli ! Dieu, ce coup ! Sûr et certain qu'il avait la boîte crânienne à demi défoncée ! Il faut dire qu'il avait fait preuve de légèreté, s'était montré un peu trop confiant. Il aurait dû refermer la porte à clé, la coincer avec une chaise, témoigner d'un minimum de méfiance, lui qui n'arrêtait pas de prendre des précautions pour éviter de se faire repérer. S'il avait pu prévoir... Prévoir quoi ? C'était imparable. Comment aurait-il pu penser une seule seconde que ce moine allait surgir derrière lui précisément dans cette chambre ?

Mais tout ça, c'était le passé.

Pour l'heure il y avait mieux à faire qu'à se perdre en regrets stériles.

Il était dans la chambre. Allongé à hauteur du bout du lit. Le bras droit quasiment tendu, tiré en arrière, la main prise dans l'un des bracelets d'une paire de menottes, le second relié au tuyau d'alimentation du chauffage central.

L'autre l'avait tiré jusque-là après l'avoir assommé.

Ce n'est qu'à ce moment que Titcht perçut le bruit caractéristique de l'eau s'écoulant dans une baignoire.

L'autre profitait de ce qu'il était dans les vapes pour se récurer.

De la main gauche, Titcht prit la mesure de sa blessure. Une bosse grosse comme un œuf de pigeon. C'était drôle cette protubérance alors qu'il croyait avoir un enfoncement temporal. Enfin, façon de parler. Mais il fallait bien faire avec ce qui se présentait.

Dans l'entrée, à hauteur du mini-frigo, Titcht aperçut son havresac. Hors de portée. Il aurait fallu un bras méchamment élastique pour arriver jusque-là.

Histoire de tenter quelque chose, il ramena ses jambes sous lui, se leva. Debout, il eut comme un vertige, se rattrapa in extremis à la commande de la fenêtre. Son coup de flou passé, il s'intéressa aux menottes. Un modèle qu'il connaissait bien et qu'il ne fallait pas compter crocheter. Rien à faire de ce côté-là.

Pas vraiment déçu car il n'avait jamais cru à une solution de cet ordre, il se rassit en veillant à ne faire aucun bruit.

Dans la salle d'eau, par contre, ça clapotait ferme. Une escadrille de canards ne se serait pas autrement distinguée.

Les yeux mi-clos, concentré au maximum, Titcht se livra à un inventaire éclair.

Son havresac dans l'entrée…

Son Riot-Gun sur le mini-frigo…

Son holster dégarni, son Cobra dans la nature…

Un flash lui traversa soudain la tête.

La Winchester !

Son cœur s'affola. Il y avait peut-être une ouverture dans cette direction…

Du pied, il écarta un pan de couverture qui pendouillait — il n'avait pas refait son lit —, se pencha et aperçut la carabine, les munitions et la lunette de visée. Tout était là, à l'abri, bien au chaud. Ce satané moine avait singulièrement manqué de flair ! Au fond, c'était un peu normal. Pourquoi aurait-il passé la pièce au peigne fin alors que tout le fourniment de Titcht était bien en évidence ?

Une négligence presque naturelle mais qui faisait bien son affaire.

A condition toutefois qu'il puisse attirer le tout vers lui, ce qui n'était pas une certitude eu égard à sa posture.

Tirant sur sa main emprisonnée, il se coucha sur le sol moquetté, tendit le bras gauche aussi loin qu'il pouvait.

Pour un bien piètre résultat.

En pleine élongation il lui manquait facile cinquante centimètres. Enfin peut-être un peu moins mais l'ensemble restait hors de portée de toute manière.

Et les secondes qui filaient à une allure vertigineuse. Ce bon Dieu de moine n'allait pas lui laisser un siècle. C'était déjà un miracle qu'il l'ait attaché là, tout près de sa cache.

Pas assez près, hélas.

Bon, puisque rien n'était possible avec la main, il fallait s'en remettre aux membres inférieurs.

Se ramassant sur lui-même, il glissa ses

jambes dans la ruelle puis les enfila sous le lit avant de s'allonger au maximum, à s'en faire péter toutes les articulations.

Alléluia !

Il y était. En plein. Il « dépassait » même.

Du pied gauche, il racla le sol, ramenant d'abord la carabine à distance raisonnable avant de s'en prendre à une boîte de munitions, laquelle, baladeuse, lui demanda un peu plus d'efforts.

Sa manœuvre couronnée de succès, il reprit sa position initiale. Ensuite, il entreprit d'ouvrir la boîte de balles, se maudissant intérieurement de n'avoir pas chargé la carabine quelques heures auparavant alors qu'il était libre de ses mouvements.

La boîte métallique était « scellée » par un ruban adhésif dont il eut toutes les peines du monde à repérer l'extrémité. Il se trompa d'ailleurs plusieurs fois avant de tomber juste, puis s'acharna de l'ongle du pouce pour en décoller un angle. Lorsqu'il y fut parvenu, rien ne s'arrangea car il lui fallait œuvrer en silence ; et avec sa seule main gauche il était bien difficile d'agir en toute assurance.

Maladroit, il dut se résoudre au secours de sa main droite emprisonnée. Il se leva, fut obligé de mettre le genou droit à terre pour se trouver à bonne hauteur. L'emploi de ses deux mains lui simplifia la tâche.

La boîte ouverte, il la déposa soigneusement sur le dessus du radiateur, ramassa la carabine.

Il dut alors se livrer à une gymnastique des plus compliquées pour emplir le magasin de la Winchester.

Dans sa hâte, un projectile lui échappa et rebondit sur la tôle du radiateur dans un cliquetis qui résonna comme un coup de canon aux oreilles de Titcht.

Qui attira aussi l'attention du moine, lequel se manifesta aussitôt.

— On est réveillé ? lança-t-il d'une voix curieusement monocorde.

Pris de court, Titcht se pétrifia.

19

Quasiment statufié, Titcht connut une double panique.

Une peur à tiroirs.

En premier chef, il eut l'angoisse d'être découvert. Physiquement. La hantise de se retourner et d'apercevoir les yeux-miroirs braqués sur lui, et peut-être aussi une face goguenarde. Un visage que la profondeur de la cagoule ne lui avait pas encore permis d'entrevoir.

Il tourna la tête d'un bloc, connut un intense soulagement.

Personne.

Restait le second tiroir…

Répondre ou pas ? Engager un dialogue ou faire comme s'il était toujours dans les limbes ? Est-ce qu'en acceptant de converser il n'allait pas précipiter le retour de son adversaire ? D'un autre côté, à ne pas se manifester il risquait les mêmes incidences.

Et dans sa situation il n'y avait qu'un impératif : gagner du temps !

Il décida donc de participer tout en poursuivant furieusement sa besogne.

— Oui, ça y est ; merci pour le somnifère ! renvoya-t-il la gorge serrée.

L'autre eut un rire hoquetant.

— Eh ! mais c'est qu'on ne manque pas d'humour !

— Il ne me reste plus que ça, alors j'en abuse. Dites, si vous m'expliquiez comment vous m'avez retrouvé...

Dans sa position, Titcht ne se sentait pas de taille à faire plusieurs choses en même temps. Répondre lui demandait trop de concentration. Alors, en passant du stade d'interrogé à celui d'interrogateur, il se trouvait momentanément soulagé et pouvait en profiter pour mener ses petites affaires à bien. Cela ne l'empêchait pas de tendre l'oreille et d'emmagasiner un tas de renseignements dont il pourrait toujours faire ses choux gras en temps et en heure.

— Tes traces ; il aurait fallu être aveugle pour ne pas les voir. Partant de là, c'était tout ce qu'il y a de simple : il y avait de fortes chances pour que tu sois dans cette camionnette et il suffisait alors de te faire peur et ensuite de te laisser la bride sur le cou pour que tu files comme un lapin. Il ne restait alors qu'à te suivre...

Cette révélation laissa notre homme pantois, suspendit chez lui toute activité.

— Attendez un peu, j'ai peur de ne pas très bien vous suivre... Cette liaison, la seconde, que vous avez eue au sujet d'une communication donnée à partir d'une cabine de Maryland Parkway, je ne l'ai tout de même pas rêvée, non ?

Le moine eut un nouveau rire cascadant.

— Ce n'était rien d'autre qu'une arnaque. Un subterfuge dont on se sert fréquemment. En fait, c'est moi qui ai provoqué cette seconde liaison à partir d'un mini boîtier de télécommande. Ensuite, tout le dialogue que nous avons échangé tendait à te conditionner. C'était de l'improvisation. C'est une pratique courante. Et ça fonctionne à tous les coups ! Ça permet de coincer le gibier vivant.

Une forte sensation d'amertume submergea Titcht. Ce que l'autre venait de lui apprendre dépassait tout. Une combine tordue pour coincer le gibier vivant ! Tu parles ! S'il ne s'était pas senti coupable, responsable du devenir d'une communauté dont il ignorait tout, eh bien, le gibier, lui en l'occurrence, il se serait fondu dans la nature sans espoir de retour ! Même en lui filant le train il aurait été impossible de lui remettre la main dessus. Et pour cause !

Mâchoires serrées, Titcht engagea une dernière balle dans l'entaille semi-circulaire située sur le côté droit de la boîte de culasse, manœuvra le levier de sous-garde pour faire monter une balle dans le canon. Il effectua cette ultime opération en douceur afin de ne pas éveiller la méfiance de son interlocuteur.

Paré pour ce qui était de l'armement, Titcht se trouva alors confronté à une autre alternative.

Dans sa situation, quelle solution choisir ?

Se libérer en cisaillant la chaîne des menottes d'un projectile bien placé ou bien attendre que l'autre se découvre ?

A bien y réfléchir, aucune des deux éventualités n'était vraiment satisfaisante.

Même en tirant à bout portant il pouvait très bien rater son coup. Résultat des courses : l'autre, pas sourd, surgirait de sa baignoire et l'assaisonnerait sans sommations.

Libre, la chaîne des menottes pulvérisée, son sort ne serait guère plus enviable. Aussitôt sur le pied de guerre, son adversaire ne lui laisserait pas le temps de remonter jusqu'à la salle d'eau. Commencerait alors un conflit de tranchées, chacun restant sur ses positions, conflit qui risquait de s'éterniser, ce qui était loin de faire l'affaire de Titcht, lequel n'avait rien à espérer à longue échéance.

Restait donc la seconde possibilité, celle qui consistait à surprendre l'adversaire. La plus sage, en définitive. Celle qui offrait apparemment le moins de risques. Attendre et ouvrir le feu. Evidemment, ça manquait d'élégance mais en la circonstance le panache n'était pas de mise. Attaché à son radiateur, Titcht ne pouvait pas se permettre la plus petite erreur de jugement. Il n'avait qu'une façon de se rendre maître de la situation : abattre ce moine.

Ensuite, il aurait tout le loisir de se libérer et de filer.

La voix monocorde de son adversaire le tira soudain de ses pensées.

— Par contre, ce que j'ai du mal à comprendre, c'est ta propre démarche ; ton appel à New York, je ne vois pas bien son utilité.

Sur l'instant, Titcht ne trouva pas de réponse satisfaisante à formuler. L'autre abordait un terrain terriblement mouvant sur lequel il lui était bien difficile de s'aventurer. Chacun avait fatalement une vision très personnelle des choses et la moindre parole lancée de travers, de sa part, pouvait avoir des conséquences fâcheuses. Pas la peine d'aller lui mettre la puce à l'oreille en renvoyant n'importe quelle bêtise. L'autre pensait avoir la situation bien en main, autant lui laisser ses convictions. L'important dans la conjoncture c'était justement de ne pas piquer sa curiosité. Enfin pas trop.

— Tu devais bien te douter qu'on chercherait à te localiser, reprit la voix devant son mutisme. Et qu'on mettrait tout en œuvre pour te récupérer...

— Je... je ne pensais pas que cela se ferait si vite, bredouilla Titcht.

— Evidemment ! Il faut dire que tu as manqué de chance car j'avais à faire dans l'ancienne base aérienne de Nellis.

— Evidemment, reprit Titcht.

Nellis était une base aérienne militaire qui se situait à une vingtaine de *miles* au nord-est de Las Vegas. Sur Terre O. Apparemment elle existait également dans cet univers. Ainsi que New York et aussi Salt Lake City, citée dans une conversation précédente entre ce moine, Tungsten, et son interlocuteur des ondes.

L'idéal, ç'aurait été de pouvoir entamer un dialogue en jouant cartes sur table.

D'annoncer franchement la couleur. De pouvoir dire : « Voilà, j'arrive en ligne droite de la Terre en ayant emprunté un passage extra-dimensionnel et j'aimerais bien que vous me renseigniez sur ce monde qui ressemble trait pour trait à celui d'où je viens... »

Voilà ce qui aurait été bien.

Malheureusement on n'en était pas là.

Un jour, un soir plutôt, alors qu'il était dans sa période de prime adolescence, Titcht, en fermant les volets de sa chambre, avait aperçu une traînée lumineuse dans le ciel. Quelque chose qui se déplaçait à une vitesse effarante. Immédiatement il avait songé à une soucoupe volante. Excité comme une puce, il avait couru avertir ses parents, lesquels l'avaient passivement écouté avant de le renvoyer dormir. Le lendemain, la nouvelle était à la Une de tous les canards. Une comète avait traversé la veille au soir l'espace aérien. Visible par tous son passage avait suscité une vive émotion. Sa mère lui avait alors avoué qu'ils n'avaient pas pris ses déclarations très au sérieux. Titcht en avait été mortifié. Et il en avait tiré la conclusion bien peu encourageante que la vérité ne laissait pas de place à l'imagination. Tout ce qui sortait des rails était forcément sujet à caution. A preuve : même ses parents ne l'avaient pas cru.

La vérité n'était rien d'autre qu'une vue de l'esprit. Tout était marqué, codifié et la vérité ne pouvait être celle que du plus grand nombre.

Dans ces conditions, jouer cartes sur table...

D'autant que ce qu'il avait dit était hénaurme. Annoncer qu'il était en quelque sorte un voyageur de l'espace-temps lui vaudrait dans un premier temps la plus grande incrédulité. Ensuite, on lui demanderait de prouver ses affirmations. C'était le plus facile. Et le plus périlleux aussi. Titch ne tenait pas du tout à donner les clés de son univers à un moine qui ne se reflétait pas dans les miroirs !

Un bruit caractéristique précipita soudain les événements.

Un corps qui s'arrache de l'élément liquide.

Titcht se sentit instantanément fébrile.

20

Il y eut une suite d'onomatopées genre « flic-flac » que l'on pouvait traduire par le piétinement du moine tout juste sorti de l'eau.

Le cœur battant, Titcht se trouva abruptement confronté à un problème qu'il avait jusqu'ici négligé.

Comment allait-il s'y prendre pour tirer ?

Pour tirer au but, s'entend…

C'était tellement bête qu'il n'y avait pas songé une seule seconde.

Mais pour faire un carton, il avait besoin de ses deux mains !

Paniqué, il tenta la position dite normale, celle qui consiste à soutenir la carabine de la main gauche et à appuyer sur la détente de l'index de la dextre.

Pour ce faire, il pivota à quatre-vingt-dix degrés, trouva immédiatement la bonne attitude… mais dut aussitôt renoncer !

Effectivement, car dans cette pose il ne pouvait tirer que dans un angle restreint, arroser tout juste le mur de la chambre. Pas moyen d'effectuer le moindre mouvement tournant. Il était trop court. Ça accrochait de tous les côtés. Pas assez d'espace. La crosse de la carabine butait tantôt contre le panneau de protection du radiateur, tantôt contre le bas de la fenêtre. Tout cela était fonction de sa main droite dont le rayon d'action ne dépassait pas vingt centimètres.

Titcht eut un vertige. Nom de Dieu ! il n'allait pas coincer, pas si près du but !

Un infernal borborygme retentit alors à ses oreilles, achevant de le désorienter. Un tumulte qu'il identifia sur-le-champ : l'eau du bain qui s'évacuait en mugissant.

Une trouille sans nom s'abattit sur Titcht. Trop court ! Il était trop court ! Tous azimuts. Sur la liberté de mouvements et sur le timing. Ce bon sang de moine allait surgir d'une seconde à l'autre et il aurait l'air fin avec cette arme dont il ne savait que faire. Il lui aurait fallu un fusil à tirer dans les coins. Ou une grenade. Non, pas une grenade ! Il n'aurait rien pu en faire sous peine de recevoir son content d'éclats. C'est un flingue dont il aurait eu besoin. Son Cobra. Voilà ce qu'il aurait dû planquer sous ce lit !

Aiguillonné par la terreur, son cerveau

accoucha d'un projet qu'il s'empressa de mettre à exécution.

Pour ce faire, il en revint à la position dans laquelle il avait refait surface, s'allongea donc, la tête contre le panneau grillagé qui protégeait le radiateur et aussi le climatiseur, ramena ses jambes en arrière, formant ainsi une espèce de bipied au creux duquel il engagea le canon de la Winchester.

Là, l'index gauche sur la détente, il s'agita encore jusqu'à ce qu'il arrive à une ligne de visée correcte. Ou du moins jugée comme telle en estimant grosso modo la taille de son adversaire.

Le menton enfoncé dans la poitrine, il commença alors à attendre.

Un drôle d'affût !

De la salle d'eau lui parvenaient des frôlements d'étoffe, couverts de temps à autre par des poussées de souffle, elles-mêmes ponctuées de raclements de gorge.

Titcht eut du mal à avaler sa salive. Quelqu'un était vivant, là, à quelques pas de lui, qu'il allait tirer sans crier gare. Il avait beau se dire que c'était une question de vie ou de mort, l'idée passait mal. La légitime défense, c'était avant tout une arme braquée sur soi. Une atteinte directe à sa vie. L'autre n'en était pas là qui l'avait seulement assommé et se contentait pour l'heure de l'interroger presque civilement.

Bien sûr, il était lui, Titcht, prisonnier. Mais cela nécessitait-il qu'il en vienne à supprimer froidement son adversaire ?

— Qu'est-ce que tu sais au sujet de Strawberry ? demanda tout à coup le moine.

Pris au dépourvu, Titcht resta un moment bouche bée. Strawberry, pour lui, ça ne voulait pas dire grand-chose. Il y avait le fruit, évidemment. La fraise. Et puis le sobriquet. On appelait « Strawberry » quelqu'un qui avait tendance à trop la ramener. Et puis il y avait une chanson : *Strawberry Hills*. Et quelques villes à travers tout le pays qui portaient ce nom.

Dans ces conditions il était bien difficile d'avancer le moindre élément de réponse.

— Il y a bien longtemps que je n'en ai pas entendu parler, renvoya Titcht qui n'avait trouvé que cette formule pour éluder la question.

— Tssst, tssst, fit le moine. Tu dois en savoir bien plus long que tu l'affirmes. Un Solitaire comme toi a forcément des contacts. Je ne te demande pas de noms, pas de points de chute, simplement ce que tu as appris ces derniers jours sur les déplacements de Strawberry. Si tu me renseignes, je suis capable de te laisser filer. Sinon, je vais devoir te travailler au corps et ce sera du temps de perdu pour nous deux et des désagréments pour toi. En fait, tu ne m'intéresses que médiocrement. Je n'ai pas envie de m'encombrer de toi. D'ailleurs je n'ai pas besoin de te ramener vivant, tu dois bien t'en douter. Je n'ai de comptes à rendre à personne. Il suffit que je prélève sur ton cadavre de quoi justifier ta mort. Qu'est-ce qui te gênerait le moins : les mains, les pieds, la tête ? Réfléchis un peu ; on doit bien pouvoir trouver un terrain d'entente...

Pour ce qui était de la réflexion, Titcht ne laissait sa part à personne. Ça bouillait dans sa tête. Ce n'était pas demain que ses neurones allaient se calaminer, s'entartrer vilainement.

Les propos fatalement obscurs de son interlocuteur venaient de modifier son jugement. Avec un dingue pareil, il encourait les pires sévices. L'autre voulait des renseignements dont il ignorait tout, et pour cause, et il ne reculerait devant rien pour les obtenir. Et qui peut assurer qu'il résisterait à la torture ? Pas Titcht en tout cas. Son courage avait des limites. Il nierait, bien obligé, mais livrerait d'autres informations, qu'on ne lui demandait pas ; il parlerait de son « voyage », se montrerait prolixe, convaincant ; il apporterait des preuves. Concrètes. Ce serait la chambre 114. La fenêtre. Du palpable dans l'invisible.

Voilà ce qui risquait de se produire.

Du coup, Titcht fit marche arrière toute. Revirement total de comportement.

La carabine bien en main, parfaitement calée dans le creux de ses genoux quasi soudés, il connut alors d'autres affres.

S'il voulait s'en sortir, il fallait absolument que son premier tir soit le bon. Qu'il mette son adversaire hors d'état de nuire. Ce qui n'était pas évident avec un si petit calibre. Là, la puissance d'impact ne jouerait pratiquement pas. Rien à voir avec des projectiles de .300 ou de .475 qui arrêteraient net éléphants, buffles et autres rhinocéros.

Rien à voir, hélas.

Un martèlement tira Titcht de ses pensées.

Le moine avait remis ses bottes. Il tapait des pieds pour finir de les chausser.

Puis les pas s'enchaînèrent.

Titcht suspendit son souffle.

Le moine passa franchement dans l'entrée. Il finissait de boutonner une chemise grise à large col de dentelle blanc.

Stupéfait, Titcht resta une seconde bloqué, traumatisé par le spectacle qui s'offrait à lui.

Il pressa la détente de la Winchester au moment où son adversaire plongeait sur le Riot-Gun abandonné sur le mini-frigo.

21

Si l'effet de surprise joua des deux côtés, ce ne fut pas pour les mêmes raisons.

Le plus handicapé fut sans conteste Titcht.

La vision de son adversaire ne pouvait que jouer contre lui. Le paralyser.

Naturellement, normalement, bêtement, il attendait un homme.

Or il eut soudain devant lui une femme.

Déjà, cela pouvait suffire à expliquer sa perplexité et son manque de réaction.

Mais il y avait autre chose. Une apparence qui sidérait tout en glaçant d'effroi.

Il eut soudain devant les yeux une créature féminine dont il eut toutes les peines du monde à cerner toutes les anomalies.

Un être hybride, complètement chauve, privé de cils et de sourcils, aux yeux rougeâtres...

En l'espace d'une seconde, Titcht comprit le pourquoi de cet accoutrement de moine, le besoin de lunettes, de gants à crispin, et cette cagoule qui ne laissait rien entrevoir.

Dieu ! mais qu'était-il arrivé à cette femme ? Car il s'agissait d'une femme, aucun doute n'était possible.

Dans un premier temps, Titcht pencha pour le feu. Elle avait dû être la victime d'un terrible incendie. Une grande brûlée rafistolée à grand renfort de greffes et de neige carbonique.

Puis son regard tomba sur les mains et il eut froid dans le dos. Elles étaient vertes, gris-vert, plutôt, et recouvertes de fines écailles. Rien qui soit explicable dans le domaine de ses connaissances. Même les femmes-serpents des baraques foraines n'offraient pas cet aspect.

Et puis il y avait toute la région du cou... Là, la peau était particulièrement diaphane, comme sur tout le visage, et l'on apercevait des milliers de vaisseaux, veinules, veines et autres artères, comme lorsqu'on consulte une planche relative à la circulation sanguine sur les dictionnaires.

Comment, devant une telle apparition, ne pas être en état de choc ?

La surprise éprouvée par la créature fut

d'un autre ordre. Elle ne s'attendait pas à trouver son adversaire armé, joua sa carte en mettant son trouble à profit.

C'était de bonne guerre, non ?

22

Tout se passa alors au millionième de seconde.

Le projectile de .22 long attrapa la créature sur le côté droit du cou, juste sous la mâchoire, au moment précis où elle s'emparait du Riot-Gun.

Comme Titcht l'avait craint, cela ne l'arrêta pas, bien au contraire.

Liquéfié, Titcht manœuvra le levier de sous garde à la désespérade. La douille gicla, bouillante s'en vint heurter sa lèvre supérieure sans qu'il s'en aperçoive seulement.

Face à lui, la créature faisait coulisser la pompe du Police Patrol, éjectant la cartouche qui se trouvait dans le canon.

Ce fut probablement ce contretemps qui sauva Titcht. Si cette femme n'avait pas été précisément une guerrière, elle n'aurait pas agi professionnellement, se serait contentée de presser la détente du Smith & Wesson et Titcht aurait été plus ajouré qu'une passoire.

Là, son premier réflexe fut d'alimenter une arme qu'elle ne connaissait pas et c'est ce qui fit la différence.

Allongé, tendu comme un arc, Titcht pointa le canon de la Winchester, tira une seconde fois.

Alors que la femme le mettait en joue.

La balle de .22 long lui arriva en pleine clavicule gauche, la déséquilibrant au moment où elle pressait à son tour la détente.

L'impact la fit reculer.

Le mufle du Riot-Gun remonta de quelques centimètres et la terrible décharge s'en alla percuter le plafond, ruinant la peinture satinée, déchiquetant l'enduit amoureusement lissé, arrachant des plaques de plâtre de l'ampleur d'un ballon de football, transformant la pièce en moulin à farine.

Quelques chevrotines perdues s'en allèrent fracasser les vitres de la fenêtre, lesquelles, par chance, tombèrent toutes à l'extérieur.

Etonné d'être encore bien vivant dans cet enfer, Titcht réarma sa carabine et, posément, expédia un troisième projectile sur la femme toujours velléitaire.

En plein cœur, cette fois.

Enfin, il eut le plaisir de la voir chanceler, puis s'affaisser tout doucement contre la porte d'entrée.

A demi rasséréné, il entreprit alors de se libérer, dut s'y reprendre à deux reprises, la fébrilité le rendant maladroit.

Lorsqu'il y fut parvenu, il se précipita vers la sortie.

La femme, du moins ce qu'on pouvait baptiser comme telle, bloquait l'issue. Il marqua un temps d'arrêt, porta son regard alentour comme s'il espérait découvrir une issue spontanée. Il aurait été prêt à tout, à vendre son sang et son âme pour se retrouver instantanément hors de la pièce sans avoir toucher à cette créature de cauchemar.

Malheureusement, il n'avait pas le choix.

En se penchant sur elle, il s'aperçut que le sang qui coulait de ses blessures était bleu.

Un joli bleu roi… comme le sang de Mary Kingsford, l'octogénaire de choc !

Titcht sentit un frisson courir le long de son échine.

Du sang bleu…

La boucle était loin d'être bouclée mais il apparaissait comme évident qu'il existait un lien étroit entre les deux phénomènes.

Là, le sang était bleu d'origine. Il coulait bleu.

Celui de Mary Kingsford, de rouge, avait ensuite viré au bleu.

La nuance demandait à être prise en considération.

D'après les déclarations de Barry Halstead, ils étaient devenus lui et Mary Kingsford des espèces d'êtres bicéphales, deux volontés dans un seul corps. Halstead prétendait avoir été en conflit ouvert avec son « envahisseur » alors qu'au contraire Mary Kingsford pactisait, elle, avec l'ennemi.

Oui... Tout cela ne menait pas très loin.

Et cela n'expliquait pas l'aspect de cette femme, sa peau transparente, ses yeux rouges, sa calvitie totale, ses mains écailleuses...

En fait, rien ne pouvait expliquer ces aberrations.

Rien sinon une mutation.

A savoir dans quel sens il convenait de l'appréhender. Il fallait définir le stade d'évolution. Montant ou descendant ?

Cette créature avait-elle été une femme ou alors était-elle en train de le devenir ?

Ce point de détail méritait un éclaircissement.

Seulement, Titcht ne se sentait pas une

âme « d'éclaircisseur ». Il n'avait qu'un désir : mettre les bouts et vivement !

Le cœur au bord des lèvres, il déplaça tant bien que mal le corps et se faufila dans le couloir.

Instantanément, l'air lui sembla plus frais, plus oxygénant.

Sans perdre un instant, il se dirigea vers la chambre 114.

L'antichambre du paradis.

Evidemment, il allait retrouver les impôts, la circulation impossible, les week-ends pluvieux, sa condition de petit détective miteux, mais il se ferait une raison.

Tout était préférable à ce qui se tramait dans cet univers.

A condition toutefois que cet univers, qu'il décriait tant, ne soit pas devenu le sien par on ne sait quel tour de passe-passe.

Un glissement temporel ou une loi de cette nouvelle science qu'est la « géométrodynamique ».

Encore une poignée de minutes et il serait fixé.

Parvenu devant la porte 114, il se fouilla à la recherche de la clé, se palpa, retourna ses poches et finit par se rendre à l'évidence : plus de clé ! Il était pourtant sûr de ne pas l'avoir perdue dans Mesquite Avenue lors de sa partie de cache-cache. D'ailleurs il se rappelait fort bien l'avoir tournée et retournée dans sa poche en remontant tout à l'heure.

Conclusion : on la lui avait gentiment dérobée. Ainsi que ses deux passes.

D'ailleurs on lui avait tout pris pour être franc. Sa lampe-stylo. Son porte-cartes. Jusqu'à sa montre. Heureux encore qu'on lui ait laissé ses chaussures et ses dents en or !

Il en était là de son inventaire lorsqu'il jugea avoir assez perdu de temps à rêvasser. Cette clé, il fallait la récupérer. Et pas seulement la clé mais tout le reste. Sa carte de l'American Express ; l'autre, « cadeau » de Bubba Catfish, qui lui permettait de téléphoner sans bourse délier. Il ne tenait pas à la laisser dans ce monde. Elle était anachronique. Il s'en rendait compte à présent. La cabine, au carrefour de Mesquite Avenue et de Las Vegas Boulevard, ne comportait qu'un simple monnayeur. Sur Terre O, en 1980, toutes les cabines de Las Vegas étaient équipées d'un dispositif à décompte magnétique pour carte à mémoire.

Il n'en faudrait pas plus pour attirer l'attention.

De là, à reconstituer le fantastique périple qui l'avait amené ici, il y avait loin, mais pourquoi courir le moindre risque lorsqu'on pouvait s'en dispenser ?

Et puis il y avait sa montre, sa lampe-stylo quasiment indispensable pour faire la route à l'envers.

Et de la sorte il pourrait aussi dénicher la clé des menottes et se libérer totalement.

Il allait faire demi-tour quand une voix le cloua sur plae.

— Ce n'est pas ça que tu voudrais récupérer, par hasard, Titcht ?

Pâle, défait, Titcht se trouva nez à nez avec l'extrémité du canon du Police Patrol.

Derrière l'arme braquée, la femme, la créature d'épouvante, celle que son correspondant avait appelé Tungsten, agitait entre le pouce et l'index de la main gauche la clé du 114.

L'antichambre du paradis prenait des allures de géhenne.

23

Ticht ne put réprimer un sursaut de terreur.

Cardiaque, il serait mort sur-le-champ, le cœur en miettes.

A sa décharge il faut dire qu'il y avait amplement de quoi.

Car c'était bien sa victime qui se tenait là, à deux mètres de lui. Aucune erreur possible. Malgré la pénombre qui baignait le couloir, on distinguait nettement les coulées de sang bleu sur la peau et la chemise, cette dernière déchiquetée à deux endroits différents, là où les projectiles de .22 avaient pénétré.

Une victime qui avait l'air de se porter comme un charme après avoir encaissé une balle au niveau du cœur.

Une image flotta devant les yeux de Titcht. Le rétroviseur qui ne renvoyait que l'enfilade de Mesquite Avenue alors que ce moine-cavalier se tenait bien planté en son centre...

— Ta surprise me surprend, Titcht, ricana Tungsten en découvrant ainsi une denture éclatante pourvue de deux canines acérées et tranchantes comme le fil d'un rasoir. Tu me fais l'effet d'être un drôle de Solitaire...

Dépassé par les événements, Titcht se garda de toute intervention. Il était comme assommé. Incapable de la plus infime réaction. Des milliers de questions l'assaillaient pourtant qu'il ne cherchait même pas à formuler. C'était trop.

D'un geste sec, Tungsten lui lança la clé en lui intimant d'ouvrir.

Statufié, notre homme la manqua, dut se baisser pour la récupérer avant d'obéir.

— Entre ! commanda alors Tungsten en lui collant le canon du Riot-Gun à hauteur de la douzième dorsale.

Lorsqu'ils furent dans la place, Ticht fut prié de se tenir debout devant la fenêtre, les mains sur la tête.

— Ça m'ennuierait de t'envoyer ad patres car tu m'intrigues fortement ; mais si tu fais le moindre geste, je tire, le prévint-elle.

Le pouls à 180, Ticht conserva une raideur réglementaire pendant que son adversaire se livrait à une inspection rapide de l'endroit.

Laquelle ne donna rien, évidemment.

— J'attends que tu m'expliques, fit Tungsten lorsqu'elle en eut terminé. Tu peux te retourner.

A regret, Ticht fit demi-tour. Il préférait contempler le paysage, savourer la proximité de cette entrée sur un autre univers invisible à l'œil nu que de s'appesantir sur la silhouette cauchemardesque de son interlocutrice.

— J'aimerais que tu m'expliques pourquoi tu conservais sur toi la clé d'une chambre que tu n'occupais pas ; pourquoi tu possèdes aussi une carte de l'American Express valable du 22 juin 1980 à la même date de 1981 ; et je voudrais bien savoir d'où tu sors cette carte magnétique dont nous n'avons pas l'emploi ; et enfin j'aimerais comprendre ce qui t'a fait téléphoner hier soir à New York.

« Je t'écoute... »

— Je ne vois pas ce qui vous heurte dans tout ça, fit Titcht en toute mauvaise foi.

Tungsten eut un sourire sinistre.

— Je vais éclairer ta lanterne. Tu te réfugies dans la chambre 119 alors que tu as la clé du 114 et que tu y cours dès que ça va mal. Ta carte de l'American Express ne peut avoir aucune valeur puisque nous sommes en l'an 5 et pas en 1980. L'autre carte ne correspond pas à notre technologie. Tu téléphones à New York en demandant un homme qui est mort depuis cinq années. Et enfin tu t'attaques à moi alors que tu devrais savoir que rien ne peut nous détruire... Voilà pourquoi je m'interroge à ton sujet.

Titcht ferma les yeux. Lui qui réclamait des informations, il était servi. Ce qu'il venait d'entendre lui ouvrait des horizons tout en diminuant d'autant ses possibilités d'esquiver un véritable débat.

De quelque côté qu'il se tourne, il était très mal parti.

Désormais dans un univers dont il ignorait tout, face à des êtres apparemment indestructibles... Des êtres qui n'auraient de cesse avant d'avoir percé ses petits secrets.

Coincé. Il était coincé. Pris dans les mâchoires d'un étau dément.

— Alors ? le relança Tungsten.

— Je ne sais pas, fit Titcht. Je ne sais plus. J'ai perdu la mémoire. Vraiment.

Tungsten eut un nouveau sourire.

— Ben voyons... Tu es devenu amnésique comme ça, d'un seul coup !

— C'est quand vous m'avez frappé avec

le canon de votre carabine. C'est là que c'est arrivé.

— Je t'ai frappé dans la chambre 119 ; théoriquement tu n'aurais pas dû te souvenir de la chambre 114, or tu t'es arrêté juste devant et tu t'es fouillé à la recherche de la clé...

— Ça s'est fait malgré moi, émit timidement Titcht.

— Bien sûr, je comprends très bien ça. Mais maintenant que tu es sur place, tu ne te sens pas des fourmis dans la tête ?

— Pas vraiment ; ce serait plutôt le contraire.

Le silence s'installa soudain. Tungsten semblait soucieuse. Ses petits yeux rouges ne tenaient pas en place. On aurait dit des poissons japonais dans un aquarium.

Pour sa part, Titcht ne chômait pas non plus. Ses chances d'échapper à un interrogatoire serré apparaissaient comme nulles. Et il savait bien qu'il ne saurait résister. Il parlerait. Avec toutes les conséquences que l'on pouvait prévoir.

En fait, à bien y songer, il n'y avait pour lui qu'une seule et unique porte de sortie : le suicide. En se détruisant, il coupait court à tout. Il fermait l'accès de Terre O aux êtres de cet univers-carbone.

— Où sommes-nous ? s'entendit-il soudain demander. Comment s'appelle ce monde ? Je ne parle pas de Las Vegas, de l'Amérique du Nord mais de l'ensemble de la planète.

Tungsten eut un ricanement qui découvrit ses canines luisantes de salive.

— Pour quelqu'un qui n'a plus tout son intellect...

Titcht haussa les épaules.

— On a assez perdu de temps comme ça.

— C'est bien mon avis ; tu te décides à coopérer ?

— Dans la mesure de mes moyens. Alors, ce nom ?

— No Man's Land, finit par répondre Tungsten.

Le front de Titcht se rida.

— Comment faut-il le prendre ?

— Au pied de la lettre.

Une vague idée commença à prendre forme dans le crâne de Ticht.

— Un monde sans homme ? souffla-t-il.

— C'est bien ça.

— Qu'est-ce qui s'est passé ?

Le visage de Tungsten, déjà peu avenant, se fit tout à coup féroce.

— Un accident à partir d'une arme B puissance 2.

— Qu'est-ce que c'est que ça ?

— B pour bactériologique ; et B pour

biologique. Une saloperie sans nom. Quelque chose qui ne devait affecter que les organismes masculins. Quelque chose de particulièrement virulent... C'était encore du domaine de la recherche mais une organisation terroriste qui avait eu vent de l'affaire a voulu s'emparer de ce que l'on pouvait considérer comme l'arme absolue. Leur opération a mal tourné. Il y a eu prise d'otages et en définitive ils ont préféré se faire sauter sans se préoccuper de ce qu'ils déclenchaient.

— Et ensuite ?

— Le génocide. Une épidémie à l'échelle planétaire. Les hommes ont été les plus touchés. En fait on ne dénombre que bien peu de survivants. Les femmes ont mieux résisté mais elles ont subi une série de mutations dont je suis le vivant reflet.

— Toutes les femmes ?

— Toutes. A différents degrés et à une exception près, du moins à ma connaissance.

— Une exception ?

— Sur notre Territoire, oui. Strawberry.

— Pourquoi a-t-elle été épargnée ?

— Je n'en sais rien. Et c'est justement ce qui me fait la rechercher. Elle se cache dans les parages. Je pensais que tu pourrais m'aider à la retrouver.

Il y eut une nouvelle plage de silence. D'abord, Titcht éprouva comme de la peine. Un pincement du côté du cœur. Le Titcht de cet univers devait être mort lui aussi des suites de cette fantastique épidémie. Ainsi, il ne risquait pas de rencontrer son double.

De fait, tels que les événements se déroulaient, il risquait surtout de ne plus jamais rencontrer personne. Il était homme dans un monde féminin et sa situation ne s'annonçait pas brillante.

— Pourquoi avoir abandonné cette ville ? demanda-t-il à brûle-pourpoint.

— Le jeu est avant tout une affaire d'hommes ; nous n'allions pas perpétuer un culte suranné. Nous avons rayé de notre mode de vie tout ce qui avait une essence masculine. Nous n'avons fait que rendre cette cité au désert dont elle n'aurait jamais dû surgir.

— Les hommes qui restent ?

— Parqués. Relégués aux tâches les plus sévères. Mais nous n'avons pas besoin d'eux.

— Et la reproduction ?

— Nous sommes tous et toutes stériles.

— Pas de rapports sexuels ?

En même temps qu'il posait la question, Titcht eut conscience de sa stupidité. Si toutes les femmes ressemblaient à Tungsten, aucun homme ne devait pouvoir répondre à leurs sollicitations. Il y a des tâches insurmontables.

— On s'arrange, répondit néanmoins Tungsten.

Titcht préféra aborder un autre sujet :

— Et le papier ? Il n'y a pas de papier dans ce monde ?

Tungsten secoua la tête en signe de dénégation.

— Le papier était le support de la Culture, du Savoir. Nous avons lâché dans la nature une bactérie qui se révèle sans danger pour les organismes humains alors qu'elle ronge tous les papiers.

— Vous allez fatalement régresser, à supprimer toute la culture collective.

— Nous vivons dans un monde stable et nous conservons nos acquis. Simplement nous ne voulons plus qu'une chose aussi horrible puisse se reproduire. En détruisant certaines bases nous nous sommes mises à l'abri des tentations.

« Mais si nous parlions un peu de toi, à présent ? »

Titcht eut une moue. Le moment de l'addition était arrivé. Il n'était pas question qu'il la renseigne. Il ne pouvait s'y résoudre. Il aurait pu se retourner et sauter par la fenêtre. Six étages, il avait peu de chances de s'en sortir. Mais le hasard voulait justement qu'il se trouve au seul endroit d'où il ne pouvait pas sauter sans révéler l'existence du passage qui reliait les deux univers !

Restait la solution qui consistait à affronter Tungsten. Il ne pouvait pas la supprimer. Une tentative l'avait éclairé à ce sujet. Au fond, était-elle vivante ? Vivante au sens où on l'entendait généralement ? Ne fallait-il pas plutôt la considérer comme une morte-vivante, une espèce de zombi ? Un vampire ? Pour se débarrasser d'un vampire il fallait un pieu de bois planté en plein cœur. Pour l'heure, il avait les mains nues. Et puis rien ne disait que c'était la bonne médecine. Sans compter que Titcht n'en voulait pas vraiment à Tungsten. Ce qu'elle venait de lui raconter en faisait principalement une victime. Et lui n'était qu'un visiteur dans cet univers tourmenté.

Il devait bien y avoir un moyen de s'en tirer sans trop de dommages, de quitter No Man's Land sans trop heurter les susceptibilités...

Ce qui était vital, dans la conjoncture actuelle, c'était de s'éloigner, d'attirer Tungsten loin du *Wildlife* et de la chambre 114.

— Je peux peut-être quelque chose pour vous, déclara tout à coup Titcht sur un ton doctoral.

— Comment ça ?

— Pour votre... aspect... Une mutation n'a pas toujours un caractère irréversible. A fortiori lorsqu'elle a été provoquée.

— Je ne vous crois pas, fit Tungsten d'une voix blanche.

Mais son regard avait changé d'intensité et dans son trouble voilà qu'elle l'avait vouvoyé.

— Je viens d'ailleurs, continua Titcht, je suis un voyageur de l'espace.

— C'est impossible !

— Je viens d'un futur qui n'est pas le vôtre. De 1980, d'un autre univers. Malheureusement, j'ai eu des problèmes de relativité restreinte et ma machine est sortie du continuum initial...

— Quelle machine ? l'interrompit Tungsten.

— Celle-là, fit Titcht en tendant le bras droit, index pointé.

C'était gros mais Tungsten avait envie de croire. Son physique devait la travailler ferme et elle était prête à embrayer sur toutes les formes d'espoir.

Aussi se retourna-t-elle.

En un éclair, Titch fut sur elle. De la

main droite il écarta le Riot-Gun tandis qu'il lui plaçait un violent coup de tête à la base du nez.

Sonnée, elle partit à la renverse sans pour autant se dessaisir du Police Patrol.

D'un bond, Titcht fut à la porte. Dans le couloir, il n'hésita pas une seconde, mit le cap sur la cage d'escalier. Il aurait tout aussi bien pu regagner la chambre 119 afin de s'armer mais ça ne l'aurait mené à rien.

Courir, mettre le plus de distance entre eux, c'était le plus sage.

Il n'avait pas parcouru la moitié du corridor qu'elle était déjà sur ses traces.

— Reviens ! hurla-t-elle. Reviens ! je te crois, tu m'entends ! Je sais que tu viens d'ailleurs ! Que tu peux m'aider ! Je l'ai su depuis le début ! Tu n'es pas comme nous, tu es beau ! Beau ! Si beau !...

Elle aurait pu tirer, brûler cartouche sur cartouche, libérer un essaim d'acier qui se serait engouffré en rugissant dans le reste du corridor.

Un essaim qui aurait déchiqueté Titcht, à coup sûr !

Au lieu de cela, elle commença à courir, mécaniquement, le souffle entrecoupé de forts sanglots. Elle ne tirerait pas. Pas avant de savoir qui il était réellement, d'où il venait. Qui voudrait vivre sans espérances ?

Descendeur fou, Titcht était déjà dans le grand hall.

Une fois dehors, sans réfléchir, il rejoignit Las Vegas Boulevard. Là, il marqua un temps d'arrêt, se retourna.

Un frisson lui parcourut alors l'échine.

Sa poursuivante avait récupéré son cheval et on pouvait dire sans exagérer qu'elle se rapprochait à bride abattue.

24

De l'épouvante plein le regard, Titcht connut un instant de franche panique.

Figé au beau milieu du carrefour, il ne savait quelle direction prendre. Au point où il en était, toutes les rues, toutes les portes se valaient.

Le seul bâtiment dont il pouvait tout attendre, il venait de le quitter !

Une seconde, il regretta d'être descendu directement, de ne pas avoir pris le temps de s'armer. Puis son amertume s'envola aussi sec quand il évoqua la fantastique scène dont il venait d'être témoin, cette balle en plein cœur qui n'avait pas arrêté sa poursuivante plus de cinq minutes !

Alors, une arme, dans ces conditions...

Piquant des deux, le Police Patrol brandi, elle arrivait dans un tourbillon sablonneux qui en faisait une apparition fantasmagorique.

A ce rythme, elle ne tarderait pas à être sur lui. Et, de près, elle pourrait le tirer comme à la parade, s'arrangeant pour seulement le blesser en lui mettant un genou en l'air par exemple. Dès lors, il lui serait facile de reprendre l'interrogatoire auquel il venait de se dérober.

Et là, plus question de lui servir n'importe quoi. Elle ne marcherait plus, ne se contenterait pas d'une fable. Elle exigerait la vérité. Avec des preuves.

Une vérité qu'il ne pouvait pas lâcher sous peine de favoriser à plus ou moins brève échéance une invasion de la Terre. Son monde à lui. La Terre originelle. C'était complètement dément mais c'était fatalement ce qui se produirait.

Au moment où il redémarrait plutôt sèchement, Titcht se fit la réflexion que la situation n'était pas encore tout à fait désespérée. En effet, Tungsten semblait être une femme d'armes. Le réflexe qu'elle avait d'ailleurs eu alors qu'il la menaçait directement en manœuvrant la pompe du Smith & Wesson pour alimenter le fusil le prouvait si besoin en était. Donc, elle attendrait vraiment de se trouver à sa hauteur avant d'entreprendre quoi que ce soit. Car les chevrotines de 12, question précision, ça laissait plutôt à désirer. Dans ces conditions, tout compte fait, elle ne le tirerait pas. Elle allait se contenter de le forcer, le pousser à la limite de sa résistance.

Ce qui n'allait pas tarder à survenir...

En quittant le *Wildlife,* Titcht n'avait pas obéi à un plan bien précis. Il avait filé ventre à terre en estimant qu'il valait mieux mettre du champ entre lui et sa poursuivante. Il pensait l'entraîner, lui faire quitter l'hôtel à sa suite surtout, afin de se replier plus tard, de nuit très certainement. Là, il lui aurait été plus facile de revenir sur place dans le but de sortir à tout jamais de cet univers démentiel et bien peu hospitalier pour la gent masculine.

Voilà en gros ce qui lui avait traversé la tête.

Pour l'heure, il était servi !

Jamais il n'avait envisagé que sa poursuivante réagissait si promptement ; pour ce qui concernait sa monture, tout au moins. A se demander où elle le cachait, son cheval ?

Bon, pour le jeu de cache-tampon, on verrait plus tard. L'important, c'était de garer ses os et vivement !

Fremont Street !

C'était vraiment le dernier carat. Il avait l'impression de piétiner et ses poumons n'allaient pas tarder à exploser. Il n'osait pas se retourner mais il lui semblait sentir le souffle chaud du cheval sur sa nuque.

Comprenant qu'il ne pourrait lutter longtemps dans ces conditions, il bifurqua soudain, se faufila entre deux véhicules en stationnement et pénétra dans l'avant-salle d'un casino, là où officiaient d'ordinaire les petits joueurs, ceux qui, nantis d'une provision de pièces, gavaient les entrailles mécaniques des « bandits-manchots » et autres appareils électroniques de tout poil dans l'espoir de ramasser le jack-pot.

Présentement, c'était le calme plat.

En bout de rangée, il s'arrêta, autant pour souffler que pour faire le point. S'il avait pensé mettre Tungsten dans l'embarras en quittant Las Vegas Boulevard, véritable piste d'hippodrome, il s'était mis le doigt dans l'œil jusqu'à l'omoplate. La gorge sèche, il vit la cavalière et sa monture bondir par-dessus les carrosseries, patiner quelque peu à la réception, puis repartir de plus belle et pénétrer à leur tour dans l'établissement.

Titcht sentit son cœur se décrocher, lui descendre jusque dans les chaussures. Jamais il n'avait cru vivre un moment pareil. Ces scènes, il les avait visionnées au cinéma, comme tout le monde, mais on était loin des salles obscures.

D'une main ferme, sans la moindre parole, Tungsten engagea son cheval dans l'allée, Titcht en point de mire. Debout sur ses étriers, grimaçante, elle ressemblait à la figure de proue d'un navire fantôme.

Au fur et à mesure de son avance, sur son passage, les barres de néon éclataient en milliers de débris, fracassés par le canon du Police Patrol, lui descendaient en pluie serrée sur le visage sans pour autant la faire sourciller.

Elle ne tendait qu'à un seul but : Titcht.

Lequel ne tarda pas à reprendre sa course folle et à entrer dans le casino proprement dit. Là, le sable était plus rare. En foulant l'épaisse moquette, Titcht enregistra le décor 1900, les cuivres vert-de-grisés, les immenses glaces biseautées, les tentures de pourpre. Il vit aussi les différentes tables de jeu, recouvertes de voilages noirs, les suspensions tarabiscotées qui pendaient au-dessus.

Le cheval sur ses talons, il pénétra dans une seconde salle. Question décor, on restait en plein dans le même style. Seulement Titcht se foutait de l'environnement. D'autant plus que la pénombre se renforçait au rythme de sa course.

Puis ce qui devait arriver arriva, c'est-à-dire qu'il se trouva soudain face à un mur tendu de pourpre poussiéreuse, coincé entre une table de roulette et une piste de craps.

Acculé, il fut contraint de faire face.

Le dos plaqué au mur, il se rendit compte que sa poursuivante avait stoppé sa monture et qu'elle le fixait en flattant machinalement l'encolure de l'animal.

Il s'installa alors un silence quasi minéral seulement troublé par le souffle ronflant du cheval.

Bien qu'elle ne le menaçât pas directement, le Police Patrol étant pointé vers le sol, Titcht ne se faisait aucune illusion : il était bel et bien à sa merci. Au moindre geste de sa part, elle serait sur lui et n'hésiterait pas à lui assener une volée de Smith & Wesson. Il avait encore en tête, si l'on peut dire, le souvenir cuisant du canon de la Gamemaster et ne tenait pas particulièrement à repiquer au truc.

Apparemment, pour lui, les carottes étaient cuites.

— C'était bien la peine, fit tout à coup Tungsten.

— Toute seule, vous ne m'auriez jamais rattrapé, renvoya Titcht, acerbe.

La femme eut un haussement d'épaules.

— Sans cheval, je t'aurais laissé courir...

— Comment ça ?

— Tu aurais bien fini par revenir... Cette chambre 114, elle a l'air d'avoir une certaine importance pour toi.

Titcht soupira, faussement désinvolte.

— C'est une chambre comme les autres, se défendit-il. D'ailleurs vous l'avez visitée vous-même sans rien découvrir de spécial.

— Quand on ne sait pas ce qu'on cherche, on ne risque pas de trouver...

— Vous n'avez tout de même pas cru à mon histoire de voyageur de l'espace ?

— Je constate simplement que tu ne ressembles à rien de ce que je connais actuellement. Tu es comme les hommes « d'avant ». De plus, tu trimbales sur toi des objets dont nous n'avons pas l'emploi. Et puis il y a ton comportement incompréhensible par rapport à la situation. Tu as tout à fait l'air de débarquer d'une autre planète...

Ce fut au tour de Titcht de hausser les épaules.

— Tout ça ne tient pas debout, protesta-t-il. Tout peut s'expliquer. Il suffit de procéder point par point.

Tungsten eut alors un sourire qui découvrit ses canines acérées.

— Des explications, tu vas nous en donner, que tu le veuilles ou non ; nous avons des drogues qui feraient parler des muets...

Puis, dans la foulée, Tungsten remonta le canon du Riot-Gun d'une poignée de centimètres avant de lâcher :

— A cette distance, je suis très capable de te mettre *seulement* les pieds en charpie au cas où tu tenterais quoi que ce soit ; ça te stopperait tout net sans compromettre pour autant la suite du programme.

Titcht eut du mal à avaler sa salive. Cette fois, il était cuit dur. La tête dans le sac. Filer, il ne fallait pas y penser. Sans pieds, il aurait bonne mine ! Le mieux, c'était de composer. Obéir et guetter le moment propice, si toutefois l'occasion se présentait.

Une paire de menottes atterrit soudain devant notre homme dans un cliquetis sinistre.

— Tu vas te passer ça aux chevilles ! jeta Tungsten. Et je veux entendre les serrures claquer ! Ensuite, tu te retourneras et tu tendras tes bras en arrière. Je préfère t'éviter les tentations... Ainsi entravé, tu te tiendras forcément tranquille.

Les dernières espérances de Titcht volaient en éclats. Pieds et mains liés, son avenir s'annonçait des plus sombres.

La mort dans l'âme, il s'apprêtait à obtempérer lorsqu'un événement se déroula qui le laissa pantois.

25

Sur la piste de craps, à cinquante centimètres de hauteur environ, se matérialisèrent soudain deux boules brillantes.

Deux flaques de lumière intense.

Deux yeux, en fait.

Puis, partant de la base, du tapis qui recouvrait la table de passe anglaise, un dessin se structura, comme s'il était composé sur un terminal d'ordinateur, par une succession de lignes horizontales.

Mais il ne s'agissait pas d'une seule image, d'une réalisation holographique, car l'apparition avait de l'épaisseur, du volume.

En l'espace d'une poignée de secondes, le phénomène arriva à terme et Titcht, incrédule, eut sous les yeux un animal tassé sur lui-même, prêt à bondir.

Une boule de poils gris à la tête massive, le museau blanc, les sourcils argentés et deux oreilles fines et pointues comme celles d'un chat.

Un loup !

Un magnifique loup gris adulte comme on en rencontre encore dans les étendues glacées de l'Alaska.

Heureusement, Titcht se trouvait calé par le mur derrière lui. Sans soutien, il serait parti à la renverse !

Puis les yeux de l'étrange animal se braquèrent sur lui et il se sentit tout d'abord transpercé, comme mis à nu ; ensuite, la sensation se modifia en une impression de bien-être qui déboucha sur une pensée lancinante. Sur un verbe.

« Cours ! »

Et, inexplicablement, Titcht sut qu'il devait obéir à cette étonnante suggestion, à cet ordre qui lui ricochait dans la tête sans jamais avoir été prononcé.

Alors, il s'élança. Fonça droit devant lui sous le regard médusé de Tungsten qui avait bien du mal à saisir les tenants et aboutissants de ce soudain changement de comportement.

« Cours ! »

De l'avant-bras, Titcht écarta le canon du Riot-Gun à l'instant précis où la femme écrasait la détente.

La décharge de chevrotines chauffa le poitrail du cheval qui se cabra tandis que la mitraille criblait le mobilier alentour, ruinant les tapis verts, les lourdes tentures et les glaces finement ouvragées.

Debout sur les étriers, Tungsten s'efforçait de contenir les écarts de sa monture lorsque, d'une formidable détente, le loup s'accrocha à sa gorge, l'entraînant du même coup dans un roulé-boulé qui se termina sur la table de roulette la plus proche.

Ayant retraversé cette dernière salle, Titcht ne put s'empêcher de s'arrêter afin de voir comment la situation évoluait.

Enlacées dans un fantastique corps à corps, la femme et la bête roulaient sur l'immense plateau de la table, s'empêtrant dans le voilage noir qui ondulait à leur suite selon les différentes phases de l'affrontement.

Enervé par la présence du loup, le cheval tournoyait en hennissant, allant d'une table à l'autre, affolé par l'exiguïté de son champ d'action.

Puis les combattants, emportés par leur élan, basculèrent hors de leur ring pour disparaître entre les jambes du cheval qui continuait de marteler le sol de ses sabots fous.

Titcht s'interrogeait sur la conduite à tenir lorsque l'injonction muette envahit de nouveau son crâne, le tétanisant une seconde de douleur.

« Cours ! »

Coudes au corps, sans plus se poser de questions, il repartit.

Une fois à l'extérieur, sa conscience se dilua. Alors qu'il lui restait un fond de raisonnement, des réticences certaines, l'angoisse de l'Inconnu, il se retrouva soudain comme pris en charge, quasiment sous contrôle.

Il devint en fait spectateur de son propre comportement.

A travers ses yeux-caméras, il vit défiler le paysage. Une rue. Un trottoir. Un escalier de façade qu'il escalada jusqu'au premier étage. Une porte. Un long corridor. Une chambre. Une fenêtre. Un saut facile sur un toit terrasse. Une échelle. Une cour. Un mouchoir de poche entouré de murs dont on distinguait tout juste le sommet. Une trappe. Un nouvel escalier. Une descente dans la fraîcheur, dans la pénombre. Un sous-sol. Un vaste parking. Une longue allée centrale. Des barres de lumière qui s'allumaient au fur et à mesure de sa progression pour s'éteindre après son passage. Des portes en verre qui s'escamotèrent devant lui et, enfin, un ascenseur.

Là, Titcht récupéra son libre-arbitre.

Effaré, il tourna longuement sur lui-même, pas même essoufflé, se demandant s'il n'avait pas rêvé.

Derrière lui, c'était le noir absolu. Impossible de voir le décor qu'il venait de traverser dans un état second.

Décontenancé, il revint vers les portes de verre, s'arrêta tout contre mais elles refusèrent de s'ouvrir.

Il n'eut pas le temps d'en tirer la moindre conclusion car un claquement sec le fit se retourner.

Les battants de l'ascenseur venaient de fonctionner, découvrant la cabine illuminée dans laquelle attendait, assis, le regard fixé sur Titcht, le loup gris qui l'avait tiré des griffes de Tungsten.

Sans réfléchir, notre homme pénétra dans la cabine.

L'animal ne bougea pas d'un millimètre.

Les battants glissèrent sur leurs rails et la cabine s'ébranla.

26

La cabine montait.

Dans les circonstances actuelles, c'était la seule chose dont Titcht pouvait être sûr.

Il faut dire que les événements se précipitaient et qu'il n'avait plus bien le temps de se livrer à des analyses ponctuelles. Ces dernières minutes, il avait agi à son corps défendant. Cette fantastique course qui l'avait amenée jusque-là, il aurait bien été en peine de la refaire en sens inverse.

A bien y réfléchir, il se trouvait dans la situation de Barry Halstead. Une conscience s'était substituée à la sienne pour l'entraîner dans une action dont il ne savait rien. A cette différence près que le phénomène ne s'était manifesté que pour lui venir en aide, pour le tirer d'un mauvais pas. Pour le diriger vers un point précis qu'il aurait été bien en peine de découvrir par ses propres moyens.

Pour le mettre à l'abri, à ce qu'il semblait...

Mais les secours qui vous tombaient du ciel, Titcht s'en méfiait comme de la peste. Il ne croyait pas beaucoup à la gratuité des assistances. Il savait par expérience que la philantropie n'est pas de ce monde. A moins que, dans les univers parallèles...

Sur la barre témoin un trait lumineux témoignait de l'avance de la cabine, grignotait allégrement un alignement de chiffres et de nombres qui allait de moins trois jusqu'à trente-cinq.

Pour l'heure, on tutoyait le 23.

Titcht se colla contre l'une des parois, s'intéressa au loup. L'animal attendait, couché, le museau sur les pattes. Tranquille. Comme un chien qui dort au coin du feu. Confiant.

Une seconde, Titcht éprouva la tentation de plonger ses doigts dans le pelage gris argent, de palper la chair sous le poil, d'éprouver la consistance des muscles de la bête. Il conservait en tête la manière dont il avait pour ainsi dire surgi du néant et ne pouvait s'empêcher de se poser des questions quant à sa matérialité. Une interrogation en amenant une autre, il en vint à se demander si en fait il s'agissait bien du même loup. Après tout, rien n'interdisait qu'il y ait une horde.

Titcht en était là de ses supputations lorsque la cabine stoppa. Le trait lumineux couvrait toute la distance. On était en bout de course. Au 35e étage.

Les portes s'ouvrirent sur une vaste pièce, un living aux murs éclatants de blancheur, splendeur encore rehaussée par un sol recouvert d'une épaisse moquette couleur cassis.

Après un moment d'hésitation, Titcht se risqua à l'extérieur de la cabine, à la suite du loup qui allait devant sans se préoccuper de lui.

L'endroit était ce qu'on appelle un penthouse. Un appartement aquarium, entouré de terrasses, situé au sommet de l'immeuble. Le fin du fin en matière d'immobilier.

Titcht s'approcha d'une porte-fenêtre, sortit, marcha jusqu'au garde-corps, curieux de l'emplacement du building par rapport à son port d'attache, le *Wildlife*.

Sa course inconsciente l'avait mené à l'est. Entre Clark et Bridger Avenue, tout près de la 9e Rue. Finalement, il avait parcouru un méchant bout sans s'en rendre compte. Dans ces conditions, un marathon était à sa portée !

Ces constatations faites, il réintégra le living. On ne l'avait pas dirigé jusqu'ici pour qu'il se perde dans la contemplation du panorama. Au fait, pourquoi l'avait-on fait venir ? Et qui était « on » ?

Le loup avait trouvé refuge sur un grand canapé de cuir noir. Il surveillait Titcht du coin de l'œil. Dès qu'il le vit revenir, il leva la tête, le suivit du regard sans changer de posture.

Titcht commença un inventaire rapide de l'endroit. Le mobilier n'offrait que peu d'intérêt. Le peu qu'il y avait respirait le cossu mais on sentait comme une cassure, un désaccord dans l'équilibre du décor. Une harmonie rompue. Délibérément.

Comme si on s'était débarrassé de certaines choses, ne conservant qu'un strict minimum.

D'ailleurs, des taches plus claires sur les murs renforçaient cette impression. Des bibliothèques, des tableaux entre autres avaient disparu. Quant à savoir si l'habitant s'en était séparé de plein gré ou s'il avait été victime d'un pillage...

Devant le canapé, sur le mur, s'étendait un de ces écrans géants qui permettent de regarder des films télé ou vidéo sans perdre la moitié de l'image.

En dessous, sur un meuble spécialement

conçu à cet effet, on pouvait découvrir tout un système micro-informatique plutôt sophistiqué.

Intéressé, Titcht s'approcha. Il n'y connaissait pas grand-chose en électronique et se frottait déjà la tête devant un simple magnétoscope mais restait cependant curieux de ce qu'il n'était pas loin de considérer comme une nouvelle alchimie.

Là, il demeura bouche bée devant toute cette technologie. L'unité centrale était constituée par un *Apple II Plus* couleurs avec lecteur de disquettes. Titcht en avait entendu parler comme étant le fin du fin en la matière. Sur terre originelle en tout cas. Divers autres, « périphériques » étaient connectés à cette unité centrale que Titcht identifia après pas mal d'hésitations. Il y avait là un lecteur-enregistreur de disquettes, un crayon optique qui permettait d'écrire et de dessiner directement sur un écran vidéo, une imprimante aussi afin de conserver la trace de ce qui ne pouvait qu'être lu sur l'écran ; il y avait également un modem, appareil qui offrait la possibilité de communiquer avec d'autres systèmes individuels ou bien de consulter différentes banques de données par l'intermédiaire d'une simple ligne téléphonique.

Le propriétaire du penthouse devait être

un fana de micro-informatique. Et il devait aussi avoir d'autres talents si l'on s'en rapportait aux péripéties qui avaient amené Titcht jusque-là.

Restait à le rencontrer...

Titcht se dirigea vers un couloir, bien décidé à passer l'endroit au peigne fin. Ouvrant toutes les portes qui se présentaient, il se retrouva tour à tour dans une cuisine-laboratoire, dans une salle de bains avec sauna, dans des w.-c. pas très originaux, puis dans une suite de chambres vides à l'exception de l'une d'elles, la dernière, évidemment, laquelle baignait dans une pénombre reposante, tous les rideaux tirés.

Une fois ses yeux accoutumés à l'obscurité, Titcht distingua une silhouette allongée sur un large lit.

Par réflexe, il chercha l'interrupteur, le pressa sans obtenir le résultat escompté. Ici comme partout ailleurs, le courant était coupé. Pourtant, l'ascenseur avait fonctionné, et apparemment sans personne pour le commander. Et puis, durant sa folle course, Titcht avait pour ainsi dire été guidé par les plafonniers, lesquels s'étaient allumés et éteints sur son seul passage. Comment expliquer un pareil phénomène ?

Mû par une irrépressible curiosité, Titcht s'avança précautionneusement vers le lit.

Les questions, ce serait pour plus tard. Lorsqu'il aurait un interlocuteur.

Alors qu'il avait parcouru les trois quarts de la distance qui le séparait du lit, Titcht eut la surprise de constater que les ténèbres se diluaient. La clarté venant de derrière lui, il se retourna. Le loup s'était engagé dans le chambranle de la porte et ses yeux luisants dévoraient l'obscurité.

Inquiet, Titcht suspendit sa progression. Peut-être venait-il de transgresser un tabou en pénétrant dans cette chambre ? Et s'il avait profané un sanctuaire ? Ce corps sur le lit, était-ce un gisant ?

Puis la lumière ambiante changea d'intensité. Le regard du loup s'éteignit progressivement tandis que les ampoules rouges de deux lampes de chevet situées à la tête du lit prenaient le relais, distillant une luminosité douceâtre, quasi sépulcrale.

Puis, le loup disparut. Bien qu'il eût le regard fixé sur l'animal, Titcht aurait été incapable de dire s'il avait fait demi-tour ou s'il s'était tout bonnement volatilisé.

De toute manière, cette soudaine absence donnait en quelque sorte carte blanche à Titcht. Il se rapprocha donc du lit, à la fois curieux et un peu circonspect. Tout cela ne lui disait rien qui vaille. Il évoluait en plein brouillard et commençait à se demander si, tout bien pesé, la compagnie détestable de Tungsten n'était pas préférable à l'atmosphère pesante de cet appartement.

Pour un peu, il aurait fait demi-tour. Mais pour aller où ? Il était bel et bien coincé. Et comme tel, il se devait d'aller jusqu'au bout.

« On » ne l'avait pas amené jusqu'ici sans raisons précises.

Tout en croisant les doigts, il reprit sa marche un instant suspendue.

On ne change pas de cheval au milieu du gué !

Fin du quatrième épisode

DÉJA PARUS DANS LA MÊME COLLECTION

1089. *Mais l'espace... mais le temps...* Daniel Walther
1090. *Avant-poste* Jean Mazarin
1091. *Les hommes-processeurs* Michel Jeury
1092. *Le bon larron* Christopher Stork
1093. *Titcht* Christian Mantey
1094. *Les petites femmes vertes* Christopher Stork
1095. *Planète-Suicide* G. Morris
1096. *L'enfant de Xéna* Dan Dastier
1097. *Le troubadour de minuit* Maurice Limat
1098. *Le monde noir* M.-A. Rayjean
1099. *Les psychos de Logir* Pierre Barbet
1100. *Rencontres extragalactiques* Scheer et Darlton
1101. *Mission sur Terre* Philippe Randa
1102. *Sheena* Gabriel Jan
1103. *En une éternité...* Jean Mazarin
1104. *L'enfant des glaces (La Compagnie des Glaces-5)* G.-J. Arnaud
1105. *Un autre monde* André Caroff
1106. *Le pronostiqueur* Joël Houssin
1107. *Lacunes dans l'espace* Jean-Louis Le May
1108. *La femme invisible* Christopher Stork
1109. *Une secte comme beaucoup d'autres* G. Morris
1110. *Le règne d'Astakla* Dan Dastier
1111. *Il fera si bon mourir...* Jan de Fast
1112. *Au nom de l'espèce* Piet Legay
1113. *Sloma de l'Abianta* Daniel Piret
1114. *N'aboyez pas trop fort, Mr. Brenton* Richard Bessière
1115. *L'enjeu lunaire* K.-H. Scheer
1116. *Les otages des glaces (La Compagnie des Glaces-6)* G.-J. Arnaud
1117. *Captif du temps (La Saga des Rouges-1)* André Caroff
1118. *Les renégats d'Ixa* Maurice Limat
1119. *Les envoyés de Mega* Daniel Piret
1120. *Message de Bâl 188* Frank Dartal
1121. *Fallait-il tuer Dieu ?* G. Morris
1122. *Le Gnome halluciné (La Compagnie des Glaces-7)* G.-J. Arnaud
1123. *Nadar (Le Surmonde des Gofans-2)* Gabriel Jan

1124. *Baroud sur Bolkar* Philippe Randa
1125. *Sept soleils dans la Licorne* J.-L. Le May
1126. *Le Champion des Mondes* Joël Houssin
1127. *Le cocon-psi* K.-H. Scheer
1128. *La mort de Mecanica* K.-H. Scheer et C. Darlton
1129. *Examen de passage* G. Morris
1130. *L'an II de la Mafia* Christopher Stork
1131. *Cités interstellaires* Pierre Barbet
1132. *Le Livre de Swa (1)* Daniel Walther
1133. *La planète du jugement*
(Goer de la Terre-1) Michel Jeury
1134. *Le secret d'Irgoun* Dan Dastier
1135. *Shea*
(Chroniques du retour sauvage-2) Budy Matieson
1136. *Les survivants de l'Au-delà* Richard Bessière
1137. *Cosmodrame* G. Morris
1138. *Hypothèse « Gamma »* Piet Legay
1139. *La Compagnie de la Banquise*
(La Compagnie des Glaces-8) G.-J. Arnaud
1140. *Prométhée*
(Les ellipses temporelles-1) Daniel Piret
1141. *Tu vivras, Céréluna*
(Le Surmonde des Gofans-3) Gabriel Jan
1142. *Haute-Ville* Jean Mazarin
1143. *Coup dur sur Deneb* Maurice Limat
1144. *Blue* Joël Houssin
1145. *L'ère des Bionites* Dan Dastier
1146. *La Planète Noire de Lothar* Philippe Randa
1147. *Métal en fusion (La Saga des Rouges-2)* André Caroff
1148. *L'oiseau de Mars* K.-H. Scheer
1149. *Le captif du futur* K.-H. Scheer et Clark Darlton
1150. *Un monde si noir* Piet Legay
1151. *La vie, la mort confondues* G. Morris
1152. *Survivants de l'Apocalypse* Pierre Barbet
1153. *Le voyage de Baktur* Gabriel Jan
1154. *Tout le pouvoir aux étoiles* Christopher Stork
1155. *Les conjurés de Shargol* Philippe Randa
1156. *La bataille de Panotol* K.-H. Scheer et Clark Darlton
1157. *Le réseau de Patagonie*
(La Compagnie des Glaces-9) G.-J. Arnaud

1158. *Le destin de Swa*
(Cycle de Swa-2) — Daniel Walther
1159. *L'Hérésiarque (La Quête de l'Épée-I)*
(Chronique de l'Ère du Verseau) — Adam Saint-Moore
1160. *Masques de clown* — Joël Houssin
1161. *Terreur psy* — André Caroff
1162. *Ald'haï* — Jean-Louis Le May
1163. *Les glaces du temps* — Frank Dartal
1164. *Les esclaves de Xicor* — Maurice Limat
1165. *Un pour tous... tous pourris !* — G. Morris
1166. *L'horrible découverte du Dr Coffin* — Robert Clauzel
1167. *Le dernier des Zwors* — J.-P. Garen
1168. *Elle s'appelait Loan* — Piet Legay
1169. *L'Empereur d'Eridan* — Pierre Barbet
1170. *Arbitrage martien* — K.-H. Scheer
1171. *Nausicaa* — Jean Mazarin
1172. *La machine maîtresse* — Christopher Stork
1173. *Folle meffa* — Philippe Randa
1174. *Une odeur de sainteté* — G. Morris
1175. *Le piège des sables*
(La Saga des Rouges-3) — André Caroff
1176. *Livradoch le Fou*
(Les Hortans I) — Jean-Louis Le May
1177. *L'ordre des vigiles* — M.-A. Rayjean
1178. *Les astres noirs* — K.-H. Scheer et Clark Darlton
1179. *Une peau si... bleue !* — Piet Legay
1180. *Les voiliers du rail*
(La Compagnie des Glaces-10) — G.-J. Arnaud
1181. *Goer-le-renard*
(Goer de la Terre-2) — Michel Jeury
1182. *Le répertoire des époques*
de cette galaxie et de quelques autres — Louis Thirion
1183. *Les mangeurs de murailles* — Serge Brussolo
1184. *Le mécaniquosmos* — Maurice Limat
1185. *Lilith* — Joël Houssin
1186. *Dis, qu'as-tu fait, toi que voilà...* — Christopher Stork
1187. *Les Ecologistes de combat* — Philippe Randa
1188. *... Et le paradis en plus !* — G. Morris
1189. *Les héritiers d'Antinéa* — Dan Dastier
1190. *A l'image du dragon* — Serge Brussolo

1191.	*Les cages de Beltem*	Gilles Thomas
1192.	*La bataille des dieux*	J. Stuntman
1193.	*L'effet Halstead (Titcht-2)*	Christian Mantey
1194.	*Planeta non grata*	Michel Honaker
1195.	*Brigade de mort*	Gabriel Jan
1196.	*Perpetuum...*	Piet Legay
1197.	*Et un temps pour mourir*	Franck Dartal
1198.	*Les fous du soleil (La Compagnie des Glaces-11)*	G.-J. Arnaud
1199.	*Les charognards de Snien*	Pierre Barbet
1200.	*Génération Clash*	G. Morris
1201.	*La 666ᵉ planète*	Daniel Piret
1202.	*La légende de Swa (3)*	Daniel Walther
1203.	*L'oiseau dans le ciment*	André Caroff
1204.	*Expérimentation Alpha*	Louis Thirion
1205.	*Les jardins de Xantha*	Gabriel Jan
1206.	*Les tours divines*	Michel Jeury
1207.	*Network-Cancer (La Compagnie des Glaces-12)*	G.-J. Arnaud
1208.	*La frontière indécise*	G. Morris
1209.	*L'ombre du tueur*	Paul Béra
1210.	*Les presque dieux*	Maurice Limat
1211.	*Génie génétique*	Jean-Pierre Garen
1212.	*Anticorps 107*	Piet Legay
1213.	*Médiation protoplasmique*	K.-H. Scheer et Clark Darlton
1214.	*Avant les déluges (Si l'Histoire des hommes m'était contée-1)*	Richard Bessière
1215.	*Le Chasseur*	Joël Houssin
1216.	*La grande prêtresse de Yashtar*	Gabriel Jan
1217.	*La quatrième personne du pluriel*	Christopher Stork
1218.	*Les prophètes de l'Apocalypse*	Jean Mazarin
1219.	*Wildlife connection (Titcht-3)*	Christian Mantey
1220.	*Opération surprise*	K.-H. Scheer et C. Darlton
1221.	*Trop pour un seul homme*	G. Morris
1222.	*L'article de la mort*	Christopher Stork
1223.	*Ce cœur dans la glace...*	Piet Legay
1224.	*Station-fantôme (La Compagnie des Glaces-13)*	G.-J. Arnaud
1225.	*Le puzzle de chair*	Serge Brussolo
1226.	*Dérive sur Kimelunga*	Jean-Louis Le May

1227.	*Embuscade sur Ornella*	Daniel Walther
1228.	*Après les déluges (Si l'Histoire des hommes m'était contée-2)*	Richard Bessière
1229.	*La dernière syllabe du temps*	Christopher Stork
1230.	*Intervention Flash*	G. Morris
1231.	*Comme un vol de chimères*	Maurice Limat
1232.	*Aléas à travers le temps*	Philipe Randa
1233.	*Les fils de Prométhée (Les ellipses temporelles-2)*	Daniel Piret
1234.	*Prisonnier du plasma*	K.-H. Scheer et Clark Darlton
1235.	*City*	Joël Houssin
1236.	*Les cendres de la nuit...*	Robert Clauzel
1237.	*Élimination*	André Caroff
1238.	*Mon pote, le Martien...*	Philippe Randa
1239.	*Quand le temps soufflera*	Michel Jeury
1240.	*Shan-Aya*	Dan Dastier
1241.	*Dimension quatre ! (La loi du temps)*	Piet Legay
1242.	*Un peu... beaucoup... à la folie*	Christopher Stork
1243.	*Un peu de vin d'antan*	Jean-Louis Le May
1244.	*Les semeurs d'abîmes*	Serge Brussolo
1245.	*Ordinator-Labyrinthus*	André Caroff
1246.	*Evolution Crash*	G. Morris
1247.	*Le grand oiseau des galaxies*	Maurice Limat
1248.	*Un bonheur qui dérape*	Jean Mazarin
1249.	*Les hommes-jonas (La Compagnie des Glaces-14)*	G.-J. Arnaud
1250.	*Simulations*	André Caroff
1251.	*Territoire de fièvre*	Serge Brussolo
1252.	*Game over*	Joël Houssin
1253.	*Alpha-Park*	Max-André Rayjean
1254.	*Rome doit être détruite*	Pierre Barbet
1255.	*Le Monde-aux-Cent-Soleils*	K.-H. Scheer et C. Darlton
1256.	*Le XXIe siècle n'aura pas lieu*	Christopher Stork
1257.	*Les lutteurs immobiles*	Serge Brussolo
1258.	*Secteur diable*	G. Morris
1259.	*La cité de l'éternelle nuit*	Robert Clauzel
1260.	*Vers l'Age d'Or (Goer de la Terre-3)*	Michel Jeury
1261.	*A la découverte du Graal* (Si l'Histoire des hommes m'était contée-3)	Richard Bessière
1262.	*Apollo XXV*	Daniel Walther

1263.	*Mais n'anticipons pas...*	Christopher Stork
1264.	*La démone de Karastan*	Philippe Randa
1265.	*Voyeur*	Joël Houssin
1266.	*L'œil écarlate*	Maurice Limat
1267.	*Terminus Amertume (Compagnie des Glaces-15)*	G.-J. Arnaud
1268.	*Un jeu parmi tant d'autres*	Gabriel Jan
1269.	*Kamikazement vôtres*	G. Morris
1270.	*L'Histoire détournée*	Jean Mazarin
1271.	*Les brûleurs de banquise (La Compagnie des Glaces-16)*	G.-J. Arnaud
1272.	*Reflets d'entre-temps (Les Hortans-2)*	J.-L. Le May
1273.	*Les fils du serpent*	Jimmy Guieu
1274.	*Pièces détachées*	Christopher Stork
1275.	*Les bêtes enracinées*	S. Brussolo
1276.	*Le planétoïde hanté*	K.-H. Scheer et C. Darlton
1277.	*Génération Satan*	Piet Legay
1278.	*La parole*	Daniel Piret
1279.	*Les Vikings de Sirius*	Maurice Limat

VIENT DE PARAÎTRE :

P.-J. Hérault — *Cal de Ter*

A PARAÎTRE :

G. Morris — *Survivre ensemble*

Achevé d'imprimer le 15 décembre 1983
sur les presses de l'Imprimerie Bussière
à Saint-Amand (Cher)

— N° d'Impression : 2418. —
Dépôt légal : février 1984

Imprimé en France

PUBLICATION MENSUELLE